Rose Lagercrantz, 1947 in Stockholm geboren. Studierte Englisch, Literaturwissenschaft und Film und war Leiterin eines Kindertheaters, bevor sie Kinder- und Jugendbücher zu schreiben begann. Für das vorliegende Buch, in dem sie die Geschichte ihres Vaters erzählt, wurde sie mit dem August-Preis der schwedischen Verlegervereinigung ausgezeichnet, für ihr Gesamtwerk mit der Nils-Holgersson-Plakette und dem schwedischen Astrid-Lindgren-Preis.

ROSE LAGERCRANTZ

Das Mädchen, das nicht küssen wollte

Deutsch von Angelika Kutsch

Verlag Friedrich Oetinger · Hamburg

Die schwedische Originalausgabe erschien bei
Brombergs Bokförlag AB, Stockholm, unter dem Titel
»Flickan som inte ville kyssas«
Deutsch von Angelika Kutsch
Einband von Henriette Sauvant
Satz: Utesch Satztechnik GmbH, Hamburg
Druck und Bindung: Clausen & Bosse, Leck
Printed in Germany 1996

ISBN 3-7891-4131-3

I

In der goldenen Stadt Prag lebte einst ein Mädchen, das niemanden küssen wollte.

»Ich bewahre mir meine Küsse für etwas Wichtigeres auf«, sagte sie einmal, als sie fünf Jahre alt war, und daran tat sie recht, denn eines Tages, viel, viel später, würde jemand kommen, der jeden Kuß wert war.

Und der kam, als sie herangewachsen war und in einem Büro gleich neben dem alten Rathaus von Prag arbeitete. An der einen Seite vom Rathaus hängt eine große Uhr, eine besonders alte Uhr, die vom Tod persönlich bewacht wird, so sieht es aus, nämlich von einem baumelnden Skelett. Doch jede Stunde reckt sich dieses Skelett und zieht an einer Schnur zu einer vergoldeten Glocke, die laut läutet. Darauf öffnen sich zwei Luken, und die zwölf Apostel treten hervor.

Vor diesem Uhrwerk stehen immer Leute und schauen und warten darauf, daß das Glockenspiel beginnt. Dort stand auch Anna, wie das Mädchen hieß, doch sie wurde Annichen oder Annie genannt. Jeden Tag um zwölf Uhr stand sie dort und betrachtete das Skelett, ohne zu ahnen, daß sich der Tod ihr bald auf ganz andere Art und Weise zeigen würde. Wenn sie gewußt hätte, wie kurz ihr Leben währen sollte, sie hätte all ihre Küsse vielleicht rasch dem erstbesten, dem sie sich in der Menschenmenge zuwandte, gegeben. Aber sie wußte ja nichts, während sie so dastand und den kleinen Aposteln zulächelte, und wenn das Glockenspiel vorbei war und die Luken sich geschlossen hatten und das Skelett wieder zusammengesunken war, ging sie zu ihrem Restaurant mit Namen »Ente« und aß zu Mittag.

In der »Ente« gab es Selbstbedienung. Man holte das Essen auf einem Tablett und zahlte an der Kasse mit Coupons, die man vorher gekauft hatte. Eines Tages geschah es, daß Annie ihre Coupons nicht finden konnte. Sie setzte das Tablett ab und durchsuchte ihre Tasche, sie kehrte das Innerste nach außen, aber die Coupons waren und blieben verschwunden. Hatte sie sie verloren, oder waren sie ihr gestohlen worden? Die Schlange hinter ihr wurde länger, und Annie wußte nicht, was sie tun sollte. Durfte man das Essen zurückgeben, oder konnte man es am nächsten Tag bezahlen? Sie stand da und wußte weder aus noch ein, als der Türsteher herankam und sie anschrie.

»Beweg dich mal!« brüllte er. »Verdammte Jüdin! Du hältst ja die ganze Schlange auf!«

Das hätte er nicht sagen sollen, denn kaum hatte er die Worte ausgesprochen, als ein Mann, der dort noch nie gesehen worden war, sich auf ihn stürzte und ihn so fest in den Bauch boxte, daß der Türsteher fast bis zwischen die Mäntel an der Garderobe flog.

»Wenn du mehr Prügel willst, kannst du sie haben«, versprach ihm der Fremde. »Aber nicht jetzt. Ich komm später wieder.«

Dann wandte er sich an Annie.

»Komm!« sagte er. »Ich weiß ein viel besseres Lokal.«

Das war Orge.

George hieß er, aber den meisten war sein Name zu lang, und sie sprachen nur das Ende aus, Orge; und er war ein richtiger Raufbold. Vier Jahre war er alt, als er seinen ersten Rabauken vertrimmte, der bedeutend älter war als er. Das geschah in der Stadt seiner Kindheit, Friedeberg, in der es meistens sehr friedlich zuging. Dort passierte nicht viel mehr, als daß einmal in der Woche Markttag war und einmal im Jahr ein Fackelumzug veranstaltet wurde. Mit dem Fakkelumzug wurde der Sieg der Deutschen über die Franzosen in einem fernen Krieg gefeiert, der viele Menschen das Leben gekostet hatte; aber daran dachte wohl keiner von denen, die mit ihren Fackeln durch die Stadt zogen. Die kleinen Kinder trugen rote Lampions aus Papier, und einige Rüpel liefen herum und versuchten Löcher in die Laternen zu stechen. Als es einem gelang, Orges Laterne zu zerstechen, war Orge ganz außer sich, er fing an zu weinen, und als er den Strolch am nächsten Tag auf dem Marktplatz traf, schrie er: »Du hast meine Laterne kaputtgemacht, jetzt mach ich dich kaputt!«

Dann stürzte er sich auf den großen Jungen und schlug ihm mit den Fäusten ins Gesicht und zerriß sein Hemd. Später klopfte die Mama von dem großen Jungen bei Orge zu Hause an und verlangte Geld für ein neues Hemd. Orges Papa, der Alexander hieß, blieb nichts anderes übrig, als zu bezahlen. Aber er verabreichte seinem Sohn eine ordentliche Tracht Prügel, doch das half nichts. Der Junge mußte sich weiter prügeln. So war er schon in Friedeberg gewesen, wo er im ersten Jahr dieses Jahrhunderts geboren wurde, 1901.

»Wer hat dir heute was getan?« fragte er seinen sanften großen Bruder Erich, den er am liebsten auf der ganzen Welt hatte. Nur ein schönes braunes Pferd mit Namen Wilder hatte er noch lieber. »War es wieder der Bäckerjunge?«

»Ja, der war es.«

Und Orge schoß davon wie eine Gewehrkugel und schnappte sich den Bäckerjungen, der solche Angst kriegte, daß er nach Hause zu seiner Mama lief. Einmal holte Orge ihn vor der Bäckerei ein und drückte ihn gegen das Fenster und schlug seinen Kopf so fest dagegen, daß die Scheibe sprang. Und Papa Alexander mußte dem Bäcker eine neue Fensterscheibe bezahlen.

Papa Alexander war kein armer Mann, reich war er jedoch auch nicht. Er war Getreidehändler – kaufte den Gutsbesitzern und Bauern Getreide ab, mahlte es in seiner Mühle und ließ das Mehl nach Berlin transportieren, wo er es an Großhändler verkaufte, die es ihrerseits an die Geschäfte weiterverkauften.

Wenn er über Land fahren und Getreide aufkaufen wollte, ließ er immer das kleine braune Pferd anspannen, das seinem Namen wahrhaftig Ehre machte. Wenn es von anderen Pferden überholt wurde, drehte es durch und preschte davon. Dann mußte man lange beruhigend auf das Pferd einreden, damit es wieder in ein vernünftigeres Tempo fiel.

Eines Tages wollte das Pferd keinen Verstand annehmen. Es

raste geradewegs hinaus auf den Acker, wo der Wagen umkippte, und Papa Alexander fiel heraus; und kaum hatte er sich erhoben und abgeklopft, da stand sein Beschluß schon fest: Der Wilde sollte zum Pferdeschlachter und Butterbrotbelag für Leute werden, denen Käse, Eier und Schinken nicht genügten.

Als Orge das hörte, glaubte er seinen Ohren nicht. Er glaubte nicht daran, bis der Schlachter kam und das Pferd auf den Stallplatz führte und ihm mit den Fäusten in die Seiten schlug. Da stürzte Orge sich auf die Beine des Schlachters, warf ihn um und schlug auf ihn ein, bis es den anderen endlich gelang, ihn wegzuziehen und davonzuschleppen. Und der Schlachter bestieg das Pferd und ritt davon.

Danach war Orge untröstlich. Er wollte sich nicht damit abfinden, daß es auf der Welt so schreckliche Sachen gab, wie daß man etwas umbringt, das sich nicht verteidigen kann. Er wurde erst wieder er selber, als unten auf der Straße Hufgetrappel ertönte. Es war der Wilde, der den Schlachter abgeworfen hatte und in vollem Galopp zurückkam. Orge stürmte hinaus und warf sich dem verschreckten Pferd um den Hals.

»Jetzt hast du noch eine Chance!« schrie er seinem Papa zu. »Ich kaufe dir den Wilden ab! Ich hab ja Geld auf dem Sparbuch!«

Aber Papa Alexander sagte nein. Die Ersparnisse eines Achtjährigen reichten nicht einmal, um den Schwanz des Pferdes zu bezahlen. Außerdem brauchte er die Box vom Wilden für das neue Pferd, das er sich schon ausgeguckt hatte; und Orges Mama, die Else hieß, widersprach nicht. Der Schlachter mußte wiederkommen, humpelnd und fluchend, und den Wilden abführen, um all der Wildheit und den Verrücktheiten ein Ende zu bereiten – und damit aller Gerechtigkeit der

Welt. So kam es jedenfalls Orge vor, während er in der Box lag und weinte; trotzdem wollte er sich weiter für die Gerechtigkeit prügeln. Daran konnte ihn niemand hindern.

So war er – der ärgste Raufbold, der jemals im kleinen Friedeberg gesichtet worden war. Er prügelte sich jedoch nicht, weil ihm das Spaß machte – außer er kämpfte mit seinem guten Freund Paule, der der zweitschlimmste war. Manchmal gewann Orge, manchmal Paule; aber sie vereinten sich immer gegen die großen Schläger, wenn die mit ihren Holzscheiten, die sie mit Nägeln gespickt hatten, angestürmt kamen.

Mama Else sagte:

»Kannst du dir nicht einen netteren Freund als diesen Lümmel suchen?«

Aber wenn Paule zu ihnen nach Hause kam zur Mittagszeit, stellte sie auch ihm immer einen Teller hin; und er kam oft, denn dort, wo er mit seiner Mama in dem kleinen Haus an der Stadtmauer wohnte, ging es so elendig ärmlich zu.

»Darf ich heute mit zu dir nach Hause zum Essen kommen?« fragte er alle Tage.

»Ja, du bist eingeladen«, sagte Orge.

Und Mama Else sagte:

»Setz dich, Paule! Wenn wir essen, sollst du auch was haben.«

Und manchmal geschah es, daß sie zum Schrank ging und

ein paar ordentliche und saubere Kleidungsstücke für ihn heraussuchte. Einmal bekam er Orges Lieblingshosen, und als Orge protestierte, sagte sie:
»Hast du nicht gesehen, in was für Hosen der Arme herumlaufen muß? Du bekommst neue.«
»Aber die sind nicht so gut wie meine alten!« jammerte Orge.
»Red keinen Unsinn!« sagte Mama Else. »Du kannst dir welche bei Martin Pinkus aussuchen.«
Martin Pinkus war der Mann, der ein Konfektionsgeschäft in Friedeberg besaß. Zu ihm ging Mama Else immer, wenn sie Hosen für ihre drei Jungen kaufen wollte – für den lieben, sanften Erich und den Raufbold Orge und den weinerlichen kleinen Hugo. Für ihre Tochter Hilde kaufte Mama Else Kleider, die immer rot waren, und dazu zwei Hüte, einen mit Schleifen und einen mit Blumen.
»Braucht das Mädchen wirklich zwei Hüte?« fragte Papa Alexander. »Reicht nicht einer?«
Aber in diesem Punkt war Mama Else energisch. Wenn es um die Tochter ging, mußte Papa Alexander nachgeben. Sie war ja so hübsch mit ihren rotbraunen Locken!

Das Mädchen Annie war auch hübsch mit ihrem rabenschwarzen Haar, aber wie ist Orge aus Friedeberg den ganzen Weg zu ihr gekommen? Wieso war er eigentlich im Restaurant »Zur Ente« an jenem Tag, als sie so ein Pech hatte?
Das ist eine lange Geschichte. Viel mußte er erleben, ehe es an der Zeit für ihn war, ihr zu begegnen. Zuerst mußte er einen Krieg erleben – den Ersten Weltkrieg.
Kurz bevor dieser begann, verkaufte Papa Alexander seinen kleinen Getreidehandel in Friedeberg, denn jetzt wollte die Familie nach Berlin umziehen.

Einige Tage später, nachdem sie in der Großstadt angekommen waren, trieb sich Orge herum und machte sich mit den Pferden bekannt, die auf den Marktplätzen versammelt waren, denn der Kaiser hatte befohlen, daß ein jeder, der ein Pferd besaß, es der Armee übergeben sollte. Orge strich zwischen den Tieren herum, streichelte sie und gab ihnen Brot und Zucker.
»Schade«, sagte er zu einem der Soldaten, der gerade ein ungewöhnlich schönes Pferd bekommen hatte, »schade, daß es in den Krieg muß.«
»Ja, Krieg ist ein Wahnsinn!« antwortete der Soldat.
Aber nicht alle waren dieser Meinung, und einige Tage später brach der Wahnsinn aus. Unglaublich viele Soldaten zogen hinaus mit Blumen am Gewehr.
»Jetzt geben wir's den Franzosen und Russen!« riefen sie. »Wir werden sie grün und blau schlagen! Zu Weihnachten sind wir wieder zu Hause!«
Denn das hatte der Kaiser versprochen.
VIEL FEIND' – VIEL EHR', das war sein Wahlspruch.
Und bald kamen Nachrichten von Siegen. Anfangs gewannen die Deutschen, und das Volk jubelte, aber plötzlich hatten die Erfolge ein Ende. Am Fluß Marne in Frankreich wurden die Deutschen geschlagen, und der Krieg wurde unterbrochen.
Der erste Kriegswinter kam, und es zeigte sich, daß der Kaiser gelogen hatte. Keine Soldaten kamen nach Hause zu Weihnachten, es sei denn, sie waren verwundet worden, und der Wahlspruch des Kaisers kam dem Volk wieder zum Hals raus – genau wie die Steckrüben, bald fast das einzige, was man zu essen erwischte. Und es sollten mehrere Hungerwinter folgen.
Als Orge siebzehn war, wurde er zu den Soldaten einberufen

und bekam einen alten gelbgrauen Rock, der so viele Male gereinigt worden war, daß er längst seine ursprüngliche Farbe verloren hatte, aber neue Röcke gab es nicht.
Nachdem er einige Wochen lang ausgebildet worden war, wurde er an die Front geschickt, damit er gegen den Feind kämpfte. Aber unterwegs kam der Befehl: Die Truppe sollte in Stellung gehen, Schützengräben anlegen und sich verschanzen. Als die Soldaten fragten, warum, antwortete der Kompaniechef, es hätte den Anschein, als ob der Krieg zu Ende wäre.
»Gott sei Dank!« sagte er.
Kurz darauf erfuhren sie, daß Deutschland um Waffenstillstand gebeten hatte.
Die gute Nachricht kam, als sie gerade Essen fassen wollten. Erbsensuppe sollte es geben, aber die bekamen sie nie zu schmecken. Ein amerikanisches Flugzeug zeigte sich am Himmel und kreiste über ihnen, und der Pilot zielte mit seinem Maschinengewehr auf den Suppenkessel. Die Soldaten verstanden nicht, was er wollte. Hatte der Pilot nicht gehört, daß Waffenstillstand war? Als er auf den Kessel schoß und ihn genau traf, wurde der Koch wütend, griff nach seinem Gewehr und schoß zurück. Er traf auch, und das Flugzeug begann zu taumeln, stürzte zur Erde und überschlug sich; und als sie hinliefen, sahen sie, daß der Pilot umgekommen war.
Der Kompaniechef kam angestürzt und schrie:
»Was habt ihr getan? Habt ihr zurückgeschossen? Seid ihr verrückt? Ihr habt den Waffenstillstand gebrochen! Jetzt haben wir bald die ganze amerikanische Kriegsmacht gegen uns!«
Und jemand stürzte sich auf den Koch und schrie:
»Wie konntest du nur!«

Aber ein anderer schlich sich zu dem toten Piloten, der einen phantastischen Overall aus pelzgefüttertem Leder trug, und begann, ihm den Overall vom Körper zu reißen. Als der Koch das sah, brüllte er auf. Er war der Meinung, daß der Overall ihm gehörte, da er das Flugzeug abgeschossen hatte, und dann gab es eine Schlägerei deswegen. Schließlich kamen sie überein, sich den Overall zu teilen. Der Koch holte sein langes Messer und schnitt ihn in der Mitte durch. Aber bald gab es erneut Krach, denn sie konnten sich nicht einigen, wer das Oberteil und wer die Hose haben sollte.
Ja, all das war ein riesiger Wahnsinn, und der Kaiser floh in ein anderes Land, nachdem er viele Millionen Menschen in den Tod geschickt hatte.

Doch noch war es weit bis zu den Küssen, die Annie in Prag verwahrte. Sie war erst neun Jahre alt und spielte immer noch, sprang mit dem Springseil und tat alles, was kleine Mädchen so machen – für die Großmutter einkaufen gehen, Pflaumenkuchen holen, wie es ihn dort gab, wo sie wohnte. Sie hatte natürlich keine Ahnung, daß der Mann, der eines Tages ihre Küsse bekommen würde, eben vom Tod in den Schützengräben verschont worden war und jetzt mit heiler Haut nach Berlin heimkehren konnte, wo große Not herrschte. Das Land war verarmt nach dem langen Krieg, und Unruhe lag in der Luft. Die Menschen hungerten und waren aufgebracht, und als eine neue kriegsfreundliche Regierung die Macht übernehmen wollte, streikten die Arbeiter. Eines Tages, als Orge die Straßen der großen Stadt entlangging, traf er eine riesige Volksmenge, die den Weg zum Rathaus versperrte, und als er fragte, was los war, erzählte man, daß einer der streikenden Arbeiter erschossen worden war und daß man das Gebäude erstürmen wollte; aber soweit kam es nicht, denn ehe sie wußten, wie ihnen geschah, kamen viele Lastwagen mit Polizisten in grünen Uniformen angefahren. Die Polizisten sprangen von den Wagen und umringten die Menschenmenge und drängten sie zurück. Plötzlich

stand Orge Auge in Auge einem Polizisten gegenüber, der seinen Karabiner erhob und ihm in die Brust stieß.
Das tat weh, und Orge packte den Karabiner und rammte dem Polizisten sein Knie in den Magen. Der Polizist ließ die Waffe los, krümmte sich und fiel hin.
Die Folge war natürlich, daß sich die anderen Polizisten auf Orge stürzten und ihn auf einen der Laster warfen. Es dauerte nicht lange, da war der Wagen voll und fuhr mit seiner Ladung zur Polizeiwache davon. Dort wurden die Gefangenen vorwärts gestoßen und hineingeschleppt. Vier Männer waren nötig, um Orge in einer Zelle einzusperren. Als die voll war, kamen die Polizisten und begannen die Gefangenen mit ihren Knüppeln zu schlagen. Sie schlugen blindlings drauflos, und es gab ein großes Geschrei.
Als Orge spät am Abend freigelassen wurde, war er durchgeprügelt.
»Hör mal, junger Mann«, sagte Papa Alexander, als er seinen Sohn erblickte, »mußt du dich in jeden Streit einmischen?«
Orge sagte, er habe sich nicht eingemischt, und Mama Else, die ihrem Mann eigentlich nicht zu widersprechen pflegte, machte eine ihrer seltenen Ausnahmen.
»Was redest du da, Alexander!« sagte sie. »Er kann doch nichts dafür, wenn er zufällig irgendwo vorbeikommt und verprügelt wird!«
Aber als Orge sein Hemd ausgezogen hatte, das ihm am Rükken und an den Armen klebte, sagte sein Papa nichts mehr, denn Orge war am ganzen Körper naß von Blut.
Drei Tage währte der Streik. Dann gab die kriegsfreundliche Regierung auf, und die Leute kehrten an ihre Arbeitsplätze zurück. Auch Orge. Er hatte nämlich Arbeit bekommen, und bald konnte er sich eine eigene Wohnung leisten – ein Zim-

mer, das er bei einer alten Dame mietete. Er legte sich auch einen Hund zu, einen kleinen klugen Pudel, auf den die alte Dame tagsüber aufpaßte. Abends paßte sie auch oft auf, wenn Orge beim Training war. Jetzt wollte er nämlich Jiu-Jitsu lernen. Bald wußte er, wie man jemanden entwaffnet, der ein Gewehr hat, wie man ihn mit zwei Griffen unschädlich macht, indem man ihn von der Seite oder von hinten anfällt und ihm den Gewehrriemen am Hals zuzieht.

Damit beschäftigte sich Orge, während Annie noch immer Seilspringen übte und Hinkekästchen auf der Straße in Prag spielte, wo sie wohnte. Er trainierte Jiu-Jitsu und dachte darüber nach, wie man sich in einer Welt behaupten könnte, in der man verprügelt wurde, auch wenn man nichts anderes getan hatte, als sich nur zu verteidigen.

Aber er dachte auch über so manches andere nach. Wie viele junge Männer dachte er darüber nach, wie man es eigentlich anstellte, reich zu werden. Das wollte er gern werden, aber das schien nicht so einfach zu sein. Jedenfalls nicht dort, wo er arbeitete, bei einer Firma, die Kupferdrähte herstellte – Drähte, die man für elektrische Leitungen brauchte. Die Arbeit bestand darin, daß er im Land herumreiste und die Kupferdrähte an große Fabriken verkaufte. Er bekam nur bezahlt, wenn er etwas verkauft hatte – und mit dem Verkauf ging es nicht gut. Das Geld, das er verdiente, reichte für nicht mehr als die Zimmermiete und das Futter für den Hund und ein bißchen Brot für ihn selbst. Es wäre wirklich nicht schlecht gewesen, ein bißchen reicher zu sein, und eines Tages wurde er das zur Überraschung aller.

Der Tag hatte damit begonnen, daß er sich dummerweise eine Schachtel Zigaretten kaufte, eine billige Sorte, die Harem hieß. Er kaufte sie morgens auf dem Weg zum Bahnhof,

von wo er mit dem Zug nach Westfalen fahren wollte. Als er jedoch zum Fahrkartenschalter kam und bezahlen wollte, stellte er zu seinem Entsetzen fest, daß sein Geld nur für die Hinreise reichte – und wie sollte er wieder nach Hause kommen? Ganz bedrückt stieg er in den Zug und fuhr los.
Als er in der Fabrik ankam, wurde er vom Direktor freundlich empfangen. Der fragte gleich, ob Orge nicht durstig sei nach der Zugreise. Ja, das war Orge, und der alte Herr klingelte mit einer Glocke. Bald erschien die Sekretärin mit einem kleinen Tablett, aber darauf standen keine Kaffeetassen, wie Orge es erwartet hatte, sondern zwei Trinkgläser und ein Krug mit Branntwein. Die Sekretärin lächelte ihn an und füllte die Gläser bis zum Rand. Der alte Herr hob seins, prostete Orge zu und leerte es dann in einem einzigen Zug. Orge führte das Glas auch zu den Lippen, kostete vorsichtig und schluckte. Es war, als müsse er Feuer schlucken. Nach einem weiteren Schluck war ihm glühend heiß. Der alte Herr, der sein Glas bereits wieder gefüllt hatte, sah ihn ermunternd an.
»Was ist?« fragte er. »Schmeckt unser berühmter Steinhäger nicht?«
»Es tut mir leid«, sagte Orge, »aber ich habe noch nie Steinhäger getrunken, ich hab kaum Branntwein getrunken, und wenn ich dieses große Glas austrinke, kann ich mich vermutlich nicht mehr vom Stuhl erheben. Ich habe nichts anderes im Magen.«
»Du liebe Zeit!« rief der alte Herr aus und klingelte wieder mit der Glocke. »Gehen Sie in die Küche«, befahl er der Sekretärin, »und holen Sie Brot, Schinken und Butter. Nein, jetzt bekomme ich tatsächlich auch Hunger! Ehrlich gesagt, habe ich heute morgen auch nicht besonders viel gegessen, ich habe fast gar nichts gegessen. Jetzt essen wir!«

Und auf den Tisch kamen Schinken, in dünne Scheiben geschnitten, und frisches Brot und Butter, aber Orge war immer noch nicht froher.
»Woran hapert es denn jetzt?« fragte der alte Herr; aber bald aß und trank er mit gutem Appetit, ohne sich weiter um Orges düstere Miene zu kümmern. Dann rauchte er, bis der ganze Raum blau wurde, und währenddessen redete er ununterbrochen.
»Sie müssen entschuldigen«, sagte er, »aber ich bin ein alter Mann, und mir gefällt es, wenn die Jugend mich besucht und ich mich ein wenig unterhalten kann.«
Er gab Orge viele gute Ratschläge, wie er es anstellen mußte, um Geschäfte zu machen, aber am liebsten wollte er über Mädchen reden – was Orge von ihnen hielt? Orge sagte:
»Ich finde sie gut.«
Er mochte Mädchen gern, aber das war dem alten Herrn nicht genug. Er wollte mehr wissen – welches das hübscheste Mädchen gewesen war, das Orge getroffen hatte?
Aber Orge war Annie ja noch nicht begegnet und wußte nicht, wie wundervoll Mädchen sein konnten; und kurz vor vier Uhr sagte er, daß er langsam an die Heimreise denken müßte, obwohl er den ganzen Tag an nichts anderes gedacht hatte.
»Sie müssen doch hoffentlich nicht schon weg!« wandte der alte Herr ein, aber Orge verabschiedete sich und machte sich auf den Weg zum Bahnhof. Unterwegs hielt er eifrig Ausschau nach Münzen. Hatte denn niemand irgendwo eine Mark verloren? Mehr brauchte er nicht für sein Glück an diesem Tag, aber nirgends fand er das Geld, das ihm für die Heimreise fehlte.

Als der Zug kam, stieg er trotzdem ein, und dann lief er auf dem Gang hin und her und machte sich Sorgen, was passieren würde, wenn der Schaffner erschien.
Nun war es zu jener Zeit so, daß sich an jeder Abteiltür eine Tafel befand, auf der der Schaffner mit einem besonderen Schlüssel die Anzahl der Fahrgäste eingeben konnte, die ihre Fahrkarte vorgezeigt hatten. Wenn er vier Fahrkarten kontrolliert hatte, stellte er eine Vier ein und so weiter. Orge sah sich die Tafeln an, und plötzlich entdeckte er zu seiner Überraschung eine Vier, obwohl nur zwei Leute im Abteil saßen. Das Abteil betrat er, sagte guten Abend, bevor er seine Jacke auszog und sich auf einem der Plätze niederließ, und dann versuchte er, ganz gelassen auszusehen. Als der Schaffner kam und sie zählte, schaute er aus dem Fenster.
»Ein, zwei, drei Fahrgäste? Wo ist der vierte? Ist er ausgestiegen? Aha. Na ja.«
Dann änderte der Schaffner die Zahl mit seinem Schlüssel, und Orge konnte endlich aufatmen.
Als er in Berlin aus dem Zug stieg, begegnete er einem alten Bekannten auf dem Bahnsteig und bot ihm eine Zigarette an, eine Harem. Der Freund warf einen Blick auf die Zigarettenschachtel und lehnte dankend ab.
»Rauchst du solch ein Zeugs? Dann scheinst du wenig Geld zu haben.«
»Das stimmt«, gab Orge zu. »In der Beziehung bin ich nicht gerade gesegnet.«
Aber am nächsten Tag geschah folgendes: Der alte Herr aus Westfalen rief bei der Firma an, in der Orge arbeitete, und bestellte hundert Tonnen Kupferdraht. So war das, als Orge anfing, reich zu werden.

Bald war er ein wohlhabender Geschäftsmann mit zehn Telefonen, die dauernd klingelten. Er brauchte nur einige wenige Jahre, um das zu erreichen.
Reich wurde er, aber immer noch war es weit bis zu Annies Küssen. Natürlich hatte er andere Mädchen vor ihr, aber es zeigte sich, daß keine von ihnen die Richtige war. Da gab es sogar eine kleine Schönheit, die er heiratete, aber mit ihr hatte er kein besonderes Glück.
Das erste, was passierte, war, daß er zu spät zur Hochzeit kam. Er hatte am selben Morgen trainiert und die Zeit vergessen. Alle warteten ungeduldig auf ihn, und als er zur Trauung angestürzt kam, weinte die Braut und schrie:
»Wo ist der Brautstrauß?«
Er hatte vergessen, den Brautstrauß zu kaufen! Das war das zweite, was passierte. Das dritte war, daß er all sein Geld verlor. Die kleine Frau hatte noch nicht einmal die Gardinen in ihrem neuen Heim aufgehängt, da kam Orge nach Hause, kehrte seine leeren Taschen nach außen und sagte:
»Schau, was mir übriggeblieben ist! Nichts! Absolut nichts!«
Das Land war immer noch arm nach dem Krieg, und jetzt kam die Krise. Viele Reiche verloren alles, was sie besaßen. Orge hatte sein ganzes Vermögen verloren. Ihm war nicht

einmal so viel geblieben, daß er die Telefonrechnung bezahlen konnte, und da wollte die Frau ihn nicht mehr haben. Sie wollte nicht mit einem armen Schlucker verheiratet sein. Oder sie verließ ihn, weil er dauernd beim Training war – aber er mußte doch in Form bleiben! Er mußte sich doch verteidigen können!

Das wurde später besonders wichtig, als er Taxifahrer war, denn manchmal machten die Kunden Stunk im Auto. Meistens genügte es, wenn er ihnen einen warnenden Blick im Rückspiegel zuwarf. Er wurde nämlich allmählich ein bißchen berühmt als Kämpfer, in Jiu-Jitsu war er Meister von Berlin geworden. Doch einmal fuhr er einen Kunden, der nicht wußte, wen er da zum Chauffeur hatte. Als sie vor dem Restaurant hielten, in das der Kunde wollte, stieg er aus, ohne zu bezahlen, und ging davon, als ob alles in bester Ordnung wäre. Orge sprang aus dem Auto, stürmte hinterher und versperrte dem Mann den Weg.

»Mein lieber Freund«, sagte er, »belohnst du so die Dienste anderer Leute? Dann muß ich dich bitten, die Jacke auszuziehen und mit mir auf andere Art abzurechnen.«

Darauf antwortete der Kunde mit einer gezielten Rechten. Orge hatte nämlich keine Ahnung, mit was für einem Kunden er es zu tun hatte – einem bekannten Boxer!

Alle Taxifahrer, die rundherum auf Kundschaft warteten, sprangen aus ihren Autos, um zu sehen, was passieren würde, und es kam zu einem Match, das nicht gleich wieder beendet war. Orge gab dem Boxer mehrmals eins auf den Schädel, aber es war, als schlüge er auf Eisen, und er selber wurde hart und oft getroffen. Erst als er auf die Idee kam, den anderen in den Magen zu boxen, bekam er die Oberhand – erst als er so hart zuschlug, daß seine Hand hinterher wie ein Ball an-

schwoll. Der Schlag saß. Dem Boxer blieb die Luft weg, und die Polizei, die das Ganze mit Begeisterung verfolgt hatte, schritt ein.
»Jetzt benehmt euch mal wieder anständig«, ermahnten sie die beiden. »Sonst müßt ihr mit zur Wache.«
Da bezahlte der Kunde, was er schuldig war, und legte noch ein ordentliches Trinkgeld obendrauf, aber das bekam er zurück, denn von solchen Kunden wollte Orge nichts geschenkt haben. Das Geld für die Telefonrechnung und die Miete würde er schon zusammenkriegen. Da seine Frau ihn nicht mehr haben wollte, war er in das Zimmer bei der alten Dame zurückgezogen – jener Dame, die so nett war, manchmal auf seinen Hund aufzupassen. Ja, und natürlich reichte das Geld auch für etwas zu fressen für den Hund und ein paar Happen Brot für ihn selbst. Zigaretten kaufte er keine mehr. Er machte ja Krafttraining, und da raucht man nicht.

Sechs Jahre dauerte es, ehe Orge die Telefonrechnung bezahlt hatte. Am liebsten arbeitete er nachts, dann konnte er tagsüber trainieren. Nach dem Training nahm er das Taxi und fuhr zu einem Theater, stellte sich davor und wartete auf das Ende der Vorstellung, oder er stellte sich vor eine Kneipe oder eine Spielhalle. Morgens um vier Uhr fuhr er immer zu einer bestimmten Spielhalle und holte einen Spieler ab, der Bolek hieß, und brachte ihn nach Hause, egal, ob er bezahlen konnte oder nicht. Wenn es um Bolek ging, nahm Orge es nicht so genau. Dann fuhr er zu einem der großen Bahnhöfe und wartete dort auf Fahrgäste, die mit den ersten Morgenzügen kamen.
Aber die Zeiten wurden immer schlechter. Arbeitslosigkeit und Not schienen gekommen zu sein, um zu bleiben, und die Leute winkten nicht so oft ein Taxi herbei. Als es eines Tages hieß, der Minimallohn der Taxifahrer werde nicht ausbezahlt, beschlossen die Fahrer zu streiken. Alle Autos wurden in die Garage gefahren. Kein Taxi durfte sich an den großen Plätzen zeigen, und die Streikwachen paßten auf, daß das auch eingehalten wurde.
Einer von diesen Streikwachen war Orge. Er hielt sich bei einer der größten Garagen auf und verjagte viele Streikbre-

cher, und eines Tages hielt er eine Rede vor den anderen Fahrern, die in einem großen Café in der Nähe saßen. Er sagte, sie sollten nicht den Mut verlieren und zusammenhalten, obwohl es so düster aussah – um keinen Preis durften sie aufgeben! Und am nächsten Tag konnte man in der Zeitung nachlesen, was er gesagt hatte.

An dem Morgen war er früh aufgestanden und zum Friseur gegangen. Deshalb war er nicht zu Hause, als die Polizei bei der alten Dame nach ihm suchte. Die Polizisten suchten auch in der Garage und in dem Café, aber davon wußte Orge nichts. Er saß ruhig auf einem Stuhl beim Herrenfriseur, bis zu den Ohren mit Rasierschaum eingeseift, und wartete, daß der Friseur mit dem Kunden vor ihm fertig wurde. Es dauerte nicht lange, da schlief er ein. Er war ja so müde vom Streiken und Wachen und Redenhalten. Der Friseur ließ ihn ruhig bis Mittag weiterschlafen. Da erwachte Orge und fragte, warum er noch nicht rasiert und die Haare noch nicht geschnitten waren.

»Sie haben so süß geschlafen«, erklärte der Friseur, »daß ich es nicht übers Herz gebracht habe, Sie zu wecken.«

»Jetzt werde ich nervös«, sagte Orge.

»Das brauchen Sie nicht«, sagte der Friseur. »Die hundert Polizisten, die nach Ihnen gesucht haben, sind wieder weggefahren.«

Als Orge ins Café kam, erfuhr er mehr. Alle redeten durcheinander und wollten ihm von der Polizei erzählen.

»Ich war beim Friseur«, erklärte Orge.

»Das wußten wir doch, aber das haben wir nicht gesagt. Wie gut du ausschaust! Man erkennt dich ja kaum wieder.«

Dann hoben sie ihn hoch und schrien »hurra« und stellten ihn auf einen der Tische und baten ihn, wieder eine Rede zu halten, und das tat er gern. Er sagte, wenn sie nur noch ein paar Tage weiterstreikten, würden sich die Straßenbahnfahrer ihnen anschließen, was die Transportmöglichkeiten noch mehr erschweren würde.

Aber daraus wurde nichts. Die nationalsozialistische Partei, die groß und mächtig geworden war in Deutschland, befahl allen Chauffeuren, die bei ihr Mitglied waren, wieder an die Arbeit zurückzukehren, was die meisten auch taten.

Als die Polizei das nächste Mal nach Orge suchte, sollte er vor Gericht gestellt und angeklagt werden, weil er angeblich einen Streikbrecher aus dessen Auto gezogen und verprügelt hatte. Und dann soll er sich selbst in das Auto gesetzt haben und geradewegs gegen einen Baum gefahren sein. Man sagte, für das Geschehen habe man zwei Zeugen.

»Die möchte ich gern mal sehen«, sagte Orge.

»Das kannst du bald. Mit dir werden wir schnell fertig.«

Dann wurde der erste Zeuge hereingerufen.

»Komm näher«, befahl er Orge, »damit wir dich ordentlich sehen können.« Orge machte einen Schritt auf ihn zu, und der Zeuge sagte: »Er war es!«

»Der Mann kann sagen, was er will«, sagte Orge, »aber ich war es nicht.«

Er wußte, wer es getan hatte. Die anderen Fahrer hatten es ihm erzählt.

»Jetzt halt mal den Mund«, sagte einer der Polizisten und rief den anderen Zeugen herein. Zu ihm sagte er:

»Sehen Sie sich diesen Mann genau an.«

»Das habe ich schon getan.«

»Ist er es?«

»Nein.«

»Er ist es nicht?«

»Nein.«
Und da durfte Orge gehen.
»Aber wir sehen uns wieder«, sagte der Polizist.

Es sollte nicht lange dauern, bis sich diese Worte bewahrheiteten, denn all dies geschah, kurz bevor Hitler und seine Nationalsozialistische Deutsche Arbeiterpartei an die Macht kamen, nachdem sie dem deutschen Volk versprochen hatten, ihr Reich würde das größte und mächtigste auf der Welt werden und tausend Jahre bestehen.

Und das Volk glaubte ihm und wählte ihn zu seinem Führer – aber nicht alle. Es gab Menschen, die erkannten, wie gefährlich Hitler war. Sie kritisierten ihn und arbeiteten gegen ihn, aber sie wurden bald in die Keller der Nazis geschleppt und mißhandelt, manchmal so schwer, daß sie hinterher kaum noch wiederzuerkennen waren; oder sie wurden gefangengenommen – wurden in schon überfüllte Gefängniszellen gestopft und viele Tage später zu den Bahnhöfen gebracht und zu anderen Gefängnissen und Arbeitslagern transportiert.

Zu denen, die bald eingesperrt wurden, gehörte Orge. Kaum war Hitler an die Macht gekommen, als die Polizei ihn auch schon abholte. Siebzehn Tage saß er im Gefängnis, dann wurde er ins Konzentrationslager nach Sonnenburg geschickt, einem alten Zuchthaus, das einige Zeit geschlossen gewesen war, da man das Wasser für ungenießbar hielt. Es war mit Typhus infiziert – aber für solche wie Orge war es gut genug, meinten die Nazis. Für solche wie Orge ließen sie das Zuchthaus öffnen, und in die Zellen, in denen früher Mörder und Diebe gesessen hatten, wurden jetzt Menschen gesteckt, die verhindern wollten, was sich zusammenbraute. Dort konnten sie weitermachen ohne die Möglichkeit, andere mit ihren Gedanken und Ideen zu beeinflussen, und sie konnten das Wasser trinken, das aus einer Pumpe auf dem Hof geholt wurde.

Merkwürdigerweise wurde niemand davon krank. Ging es den Häftlingen schlecht, hatte das andere Gründe, zum Beispiel das ewige Exerzieren. In Sonnenburg tat man nämlich nichts anderes als marschieren. Vom Morgen bis zum Abend. Hin und her auf dem Gefängnishof. Tagein, tagaus gab es nichts anderes als:

»Zur Mauer, marsch, marsch!«

Und dann: »Zurück, marsch, marsch!«

Manchmal mußten sie statt dessen Liegestütze oder Kniebeugen machen oder den »Spanischen Reiter«. Das bedeutete, daß man sich hinhocken und hüpfen mußte.

So etwas hielt ein gut trainierter junger Mann wie Orge durch, aber der Mann, mit dem er die Zelle teilte, war älter und kränklich, und er schwankte oft. Carl hieß er, und er war Schriftsteller und Pazifist. Er war einer der ersten, der die Welt zu warnen versucht hatte: Hitler wollte nichts anderes als Krieg! Aber jetzt konnte er nicht mehr in seiner Zeitung schreiben, die Weltbühne hieß – er konnte nur auf dem Gefängnishof in Sonnenburg hin- und hermarschieren oder in der Hocke hüpfen, bis er Brustschmerzen bekam und ihm schlecht wurde und er umfiel.

Orge stellte sich immer vor Carl und versuchte ihn zu ver-

decken, damit er sich nicht so anstrengen mußte. Meistens ging es gut. Wenn sie menschliche Aufseher hatten, konnte es sogar passieren, daß Carl die Reihe verlassen und bei den Kranken stehen und zugucken durfte. Aber es geschah auch, daß sie einen richtigen Peiniger hatten, der es vor allen Dingen auf Carl abgesehen hatte.
»Was hast du für einen verdammten Mist in deiner Scheißzeitung geschrieben?« rief er, und da wußte Orge, daß er eingreifen mußte. Er trat aus der Reihe und bat um Erlaubnis, austreten zu dürfen. Das reizte den Aufseher so sehr, daß er Carl vergaß und statt dessen mit Orge schimpfte. Er mußte allein bis zur Mauer laufen, während sich die anderen ausruhten, ihm wurde befohlen, schneller zu laufen. Der Aufseher lief hinter ihm her und schlug ihm mit dem Gummiknüppel in die Kniekehlen. Aber Orge war stark und abgehärtet, und es war immer noch Frühling und nicht so warm.
Im Sommer wurde es schlimmer. Eines Tages im Juli, als sie von sechs Uhr morgens bis mittags um zwölf exerziert hatten, wurde Carl so weiß, daß Orge befürchtete, er werde zusammenbrechen und auf der Stelle sterben. Orge versuchte, näher neben ihm zu laufen.
»Carl, hörst du mich?« keuchte er. »Hör mir gut zu! Wenn ich zur Mauer komme, werfe ich mich zur Erde. Hast du verstanden?«
Und das tat Orge. Als sie die Mauer erreichten, warf er sich hin, und sofort war der Aufseher über ihm, ein Mann, der Löwenbändiger genannt wurde, weil er beim Zirkus gearbeitet hatte. Er war ein Riese, so groß, daß er sich kaum aufrecht halten konnte, und jetzt trat er Orge mit seinem Stiefel in den Rücken.
»Aufgestanden!« brüllte er. »Du schaffst noch ein bißchen!«

Aber Orge blieb bewegungslos liegen.
»Hast du nicht gehört? Aufgestanden!« schrie der Löwenbändiger und zog seine Pistole.
»Steh auf, oder ich schieße!«
Im selben Augenblick fiel Carl genau daneben um. Der Löwenbändiger zögerte und schien nicht zu wissen, was er tun sollte. Dann sagte er, sie sollten aufstehen und ihm folgen.
Orge half Carl auf die Füße und stützte ihn, damit er noch eine Weile durchhielt, aber anstatt sie zu ihrer Zelle zu bringen und sie dort einzusperren, wo Carl sich auf der Pritsche hätte erholen können, führte der Löwenbändiger sie hinunter in einen der Kellergänge, die unter der alten Burg waren. Dort blieb er stehen und öffnete eine Tür, die in nichts anderes als Dunkelheit führte.
»Das ist genau der richtige Ort für euch«, sagte er und stieß sie in das schwarze Loch.
Dann ließ er sie allein, schlug die Tür zu und schloß ab.
»Sollen wir hier enden?« stöhnte Carl. »Lebendig begraben?«
»O nein«, versicherte Orge, »wir kommen hier raus!«
»Aber wann?«
»Wenn das Tausendjährige Reich untergegangen ist.«
Dann fragte er, ob Carl Streichhölzer hatte, und das hatte er, eine ganze Schachtel. Orge riß ein Streichholz an und sah sich im flackernden Lichtschein um. Zuerst konnte er nur eine Mauer erkennen, aber nachdem er einige weitere Streichhölzer angezündet hatte, sah er, daß etwas darauf geschrieben stand.
TO BE OR NOT TO BE THAT IS THE QUESTION
»Da kannst du mal sehen!« rief er aus. »Shakespeare hat auch in unserem dunklen Keller gesessen.«

Dann entzündete er die restlichen Streichhölzer und entdeckte einen Haufen Ziegelsteine. Daraus baute er einen Sitz.
»Bitte sehr, setzen Sie sich, Herr Schriftsteller!«
»Aber wann kommen wir hier raus?«
»Das hab ich doch schon gesagt: Wenn das Tausendjährige Reich zusammengebrochen ist, und das dauert sicher nicht mehr lange.«
Bald darauf wurde die Tür geöffnet, und der Löwenbändiger stand mit zwei weiteren Gefangenen da, die in die Dunkelheit gestoßen wurden.
Während eines Zeitraums, den niemand von ihnen abschätzen konnte, erschien der Aufseher mit mehr und mehr erschöpften Menschen, die beim Exerzieren umgefallen waren und nun befürchteten, lebendig begraben zu werden. Sie trauten kaum ihren Ohren, als der Löwenbändiger die Tür endlich öffnete und brüllte:
»Alles raus!«
Was war in ihn gefahren? Warum ließ er sie plötzlich hinaus? Das erfuhren sie nie, und die Erleichterung hielt nicht lange an. Niemand wußte, was den Nazis plötzlich einfallen würde. Hitlers Schreckensherrschaft hatte ja gerade erst begonnen.

Bald gehörten sogar Todesurteile zur Tagesordnung. Eines Morgens, als Orge das Privileg hatte, den Boden schrubben zu dürfen, statt zu exerzieren, hörte er ein Gespräch mit an, das nicht für seine Ohren bestimmt war. Es ging um einen der Insassen, der am nächsten Tag abgeholt und nach Berlin geschickt werden sollte. Dort sollte er vor Gericht gestellt und angeklagt werden, einen Nazi umgebracht zu haben. Das bedeutete nichts anderes als den Tod für den Häftling; aber nun geschah statt dessen folgendes: Als die Polizei ihn am nächsten Morgen abholen wollte, war er nicht da.

Die Häftlinge wurden zum Zählen aufgestellt. Sie wurden ständig gezählt, und nie stimmte die Zahl mit der erwarteten Zahl überein, denn die Aufseher konnten nicht zählen. Doch diesmal kam es nicht daher, Tatsache war, daß wirklich ein Mann fehlte. Er war spurlos verschwunden. Die Wachen suchten überall, aber er war nirgends zu finden, und keiner der Häftlinge konnte sagen, wo er war.

»Ihr werdet exerzieren, bis einer von euch den Mund aufmacht und sagt, wo er sich versteckt hält!« schrie der Kommandant.

Sie exerzierten sieben Stunden lang. Dann sagte einer der Polizisten:
»Die wissen nichts. Vielleicht einer von ihnen, aber welcher? Das sind ja tausend Mann!«
Ja, einer wußte, wo der Verschwundene war, und das war Orge, denn er hatte die Flucht vorbereitet. Die Idee war ihm gekommen, als er mit dem Scheuerlappen in der Küche zu tun hatte und ihm befohlen wurde, sich um den Abfall zu kümmern. Jeden Abend mußte nämlich einer der Gefangenen die Abfalltonne hinausbringen, sie auf eine Karre stellen und über den Gefängnishof zur Wache fahren, die mit einem Bauern aus der Gegend am Tor wartete. Dann übernahm der Bauer die Tonne und transportierte sie ab mit Pferd und Wagen, um den Abfall an seine Schweine zu verfüttern.
Während Orge dort mit der Tonne gestanden hatte, war ihm der arme Kerl nicht aus dem Sinn gegangen, der sterben mußte, wenn ihm niemand half, und sobald sich eine Gelegenheit ergab, hatte er sich davongeschlichen. Er hatte den Unglücklichen geholt und ihn überredet, mitten zwischen die Kartoffelschalen und Suppenreste zu kriechen und dort zu warten.
An diesem Abend war die Abfalltonne ungewöhnlich früh an Ort und Stelle, lange bevor der Bauer ankam. Die Wache öffnete das schwere Eisentor und guckte mehrere Male, aber der Bauer war noch nicht zu sehen.
»Wir brauchen doch nicht hier herumzustehen und zu warten«, sagte Orge. »Ich schlage vor, ich trage die Tonne nach draußen, dann kann der Bauer sie abholen, wenn es ihm paßt.«
Das war ein guter Vorschlag, fand die Wache und ließ Orge die Last hinaustragen. Sofort kehrte er zurück durchs Tor, das

hinter ihnen zuschlug. Und der zum Tode Verurteilte konnte aus den Abfällen herausklettern und davonlaufen, und zwar so weit wie möglich, ehe seine Flucht entdeckt wurde.
Um ihm genügend Zeit zu geben, antwortete Orge mit ja, als der Name des Flüchtenden beim Zählappell am Abend aufgerufen wurde – und um das zu tun, was er für richtig hielt, was immer schwerer wurde.
Aber von dieser schlimmen Zeit will ich gar nicht so viel erzählen. Auch nicht von der noch schlimmeren, die dann kam, als Orge und viele mit ihm ein Jahr später zu einem Konzentrationslager geschickt wurden, das Papenburg-Esterwegen hieß. Es lag nahe der holländischen Grenze. Mitten in der Heide lag es, umgeben von Mooren. Dorthin mußten die Gefangenen marschieren, ausgerüstet mit Hacken, Spaten und Stangen, um Gräben auszuheben und Torf zu stechen.
Schon in der Morgendämmerung standen sie dort im Wasser, das ihnen bis zu den Knien reichte, und arbeiteten. Orge und Carl gruben Seite an Seite, und Carl ging es noch schlechter als vorher.
»Bleib ganz ruhig«, sagte Orge. »Arbeite langsamer. Ich helf dir, sobald ich mit meiner Arbeit fertig bin.«
Einmal hörte ein Aufseher, was er sagte, und schlug ihm auf die Schulter.
»Du sorgst für schlechte Arbeitsmoral! Melde dich, wenn wir ins Lager zurückkommen!«
Die Strafen waren fünfundzwanzig Schläge mit der Lederpeitsche und acht Tage Arrest.
»Hol den Hocker!« befahl der Aufseher.
Orge gehorchte. Was konnte er anderes tun? Unterwegs traf er einen Häftling, der gab ihm einen Korken, auf den er bei-

ßen konnte, wenn er schreien mußte. Er bedankte sich, steckte den Korken in den Mund, und dann gab er keinen Laut von sich, wie sehr sie ihn auch schlugen.
Weder stöhnte er, noch weinte er, bevor sie ihn in der Arrestzelle einsperrten. Dort mußte er auf dem Erdboden ohne Decke schlafen, und die Nächte waren kalt. Er bekam nichts anderes zu essen als ein Stück Brot, und in der Morgendämmerung mußte er aufstehen und mit Hacke, Spaten und Stange im Moor graben und wie gewöhnlich arbeiten, obwohl sein Rücken brannte und schmerzte. Aber das schlimmste war, daß er, als endlich die acht Tage vorüber waren und die Wunden zu heilen begannen, wieder den Hocker holen mußte, und dann bekam er noch einmal fünfundzwanzig Schläge. Er steckte sich den Korken in den Mund und versuchte, an etwas anderes zu denken, aber an was? Er wußte ja immer noch nichts von Annie, und das war schade, denn der Gedanke an sie wäre bestimmt das einzige gewesen, das ihm in seiner schweren Lage hätte helfen können.
Aber nun würde es nicht mehr lange dauern, bis sie sich trafen. Er brauchte nur noch einige Peitschenschläge auszuhalten und noch ein paar Monate in dem kalten Moorwasser und dann noch ein wenig Zeit, aber das ahnte er ja nicht.
Um seine Qualen zu lindern, meldete er sich beim Lagerdoktor, der den Ruf hatte, ein vernünftiger Mann zu sein. Er empfing Orge und fragte ihn, woher er käme.
»Aus dem Arrest.«
»Aha. Wie hat es dir dort gefallen?«
»Überhaupt nicht.«
»Das kann ich mir vorstellen. Konntest du dort schlafen?«
»Nein, ich mußte ja auf dem Erdboden liegen.«

»Auf der Erde hast du gelegen! In dieser Kälte! Heute nacht hatten wir drei Grad minus. Hattest du eine Decke?«
»Ich habe mir einen Mantel geliehen.«
»Ihr habt einen strengen Kommandanten. Was hast du gemacht, bevor du hierhergekommen bist?«
»Hab Taxi gefahren in Berlin.«
Da leuchtete das Gesicht des Arztes auf.
»Ach, dann weißt du vielleicht, wo Pankow ist?«
»Ja, das weiß ich.«
»Kannst du mich dorthin fahren, wenn ich ein Auto besorge?«
»Klar. Welche Straße?«
»Florastraße. Dort wohnt meine Braut, und ich habe sie schon lange nicht mehr gesehen. Was fehlt dir eigentlich?«
»Ich habe Hunger. Im Arrest gab es nur Brot, und das war ungenießbar.«
Orge holte ein Stück Brot hervor, das er eingesteckt hatte, und reichte es dem Arzt. Der probierte es und spuckte es aus.
»Nicht mal Schweine würden das fressen«, sagte er und versprach, etwas gegen die Zustände zu unternehmen.
Früh am nächsten Morgen ging der Arzt hinaus und wartete auf den ersten Bäcker, der Brot brachte. Er bat um einen Laib Brot, brach ein Stück ab, roch daran, warf es zu Boden und zog dem Bäcker eins mit der Peitsche über.
Dasselbe widerfuhr den anderen Bäckern, die Brot an das Lager lieferten. Alle bekamen sie die Peitsche zu spüren, und kein einziger wagte etwas zu sagen, da der Arzt eine Uniform trug.
Dann rief er in Osnabrück an, wo es eine große Bäckerei gab, und schon am selben Nachmittag brachte ein Lastwagen gutes, frisches Brot. Alle freuten sich, nicht zuletzt Orge. Noch konnte man das eine oder andere korrigieren. Gegen das

schlechte Brot hatte man etwas unternehmen können, gegen die Kartoffeln mußte auch etwas getan werden. Oft waren sie verfault oder halb verfault. Sogar die Wachmannschaft mußte sie essen.
»Kennt sich einer von euch mit Kartoffeln aus?« fragte der Kommandant eines Tages.
Orge meldete sich.
»Woher weißt du etwas über Kartoffeln?«
»Mein Vater war Getreidehändler. Er hat auch mit Kartoffeln gehandelt.«
»Ich stelle eine Kolonne von zwölf Männern zusammen, und du wirst der dreizehnte.«
»Das paßt gut. Ich habe am dreizehnten Februar Geburtstag. Das ist mein Glück!«
»Und unser Pech. Such dir aus, wen du dabeihaben willst.«
Und Orge wählte Carl zu seinem ersten Mithelfer und dann weitere elf Männer, und dann marschierten sie los, von Aufsehern bewacht, die ihnen mit Pferd und Wagen folgten. Jetzt hatte Orge die Verantwortung dafür, daß die Kartoffeln gut waren, und die anderen, daß sie ausgebuddelt wurden, und der Bauer, daß sie mittags eine Mahlzeit bekamen.
Nachdem sie zwölf Kilometer gelaufen waren, kamen sie zum ersten Bauern, aber er gab ihnen schlechte Kost, und nach einigen Tagen bei ihm zeigte Orge dem Aufseher ein paar verfaulte Kartoffeln.
»Die sind nicht gut genug!«
Der Aufseher war aus dem Stadtteil Schöneberg in Berlin, wo auch Orge gewohnt hatte, und mit ihm redete Orge, soviel er wollte. Er ging dabei das Risiko ein, aufgehängt zu werden. Den Gefangenen war es verboten, mit den Bewachern zu reden.

»Wir nehmen den nächsten Bauern«, schlug er vor. »Wir machen so lange weiter, bis wir einen Bauern finden, der uns anständig zu essen gibt.«
»Klar«, sagte der Aufseher. »Und etwas zu trinken.«
Der nächste Bauer gab ihnen auch nicht ordentlich zu essen, und seine Kartoffeln fanden auch keine Gnade vor Orges Augen.
Der dritte Bauer, zu dem sie kamen, war ein Wirtshausbesitzer, der große Kartoffeläcker besaß. Er sagte, er haßte die Konzentrationslager, und setzte ihnen am ersten Tag Kartoffelpuffer mit Zwiebeln vor. Wer wollte, konnte auch Kartoffelpuffer mit Zucker haben. Am nächsten Tag gab es Erbsensuppe mit Fleisch, und sie wurden fast Freunde.
Der Wirtshausbesitzer war ein frommer Katholik, und als Orge erzählte, wie einer der Katholiken im Lager an einem Feiertag behandelt worden war, an dem ihm die Religion das Arbeiten verbot, wurde der Wirtshausbesitzer ganz rot. Der katholische Gefangene hatte auch den Hocker holen müssen, um die fünfundzwanzig Schläge mit der Peitsche entgegenzunehmen, und dann war er in den Arrest geworfen worden, als er weder sitzen noch stehen konnte.
»Das sollen sie büßen!« sagte der Wirtshausbesitzer. »Jeden Sonntag kommen sie her und tanzen mit den Mädchen aus dem Dorf. Ganze Lastwagen voll kommen, und sie führen sich keineswegs so gegen unsere Damen auf, wie es sich gehört. Der Pastor hat gesagt, wir sollen uns nicht mit ihnen prügeln, aber ich möchte wissen, was er sagt, wenn er erfährt, daß sie einen unserer Brüder kaputtschlagen.«
Es wurde Sonntag, und als die Lagerwachen zum Tanzen kamen, drehten die Mädchen ihnen den Rücken zu und weigerten sich, mit ihnen zu tanzen, und als die Wachmänner sie

dazu zwingen wollten, kamen alle Männer der Umgebung, um ihnen die Hucke voll zu hauen. Die Wachmänner versuchten sich zu verziehen, wegzulaufen, aber die Bauern hatten mit ihren Pferden und Wagen die Straße abgesperrt, so daß niemand entkommen konnte. Also wurden sie genauso verprügelt, wie sie den Frommen verprügelt hatten. Orge erfuhr von seinem Aufseher alles, was passiert war.
»Aber nächsten Sonntag nehmen wir uns die Lümmel von Esterwegen-Hümlingen vor!« sagte der Aufseher.
»Aha«, sagte Orge.
»Ja, vier von uns hat es so erwischt, daß sie keinen Dienst tun können!«
»Gütiger Himmel!« rief Orge aus. »Wo ihr doch keiner Fliege was zuleide tun könnt.«
»Es war wegen der Mädchen. Die Jungs sind eifersüchtig. Aber wir kommen wieder. Nächsten Sonntag sind wir zweihundert Mann, und dann schießen wir.«
Das erzählte Orge dem Wirtshausbesitzer, der es sofort dem Pastor weitersagte, und der rief die Polizei in Oldenburg an. Als der Sonntag kam und die zweihundert Wachmänner auftauchten, mit ihren Gewehren, Messern und Werkzeug bewaffnet, wartete die Polizei auf sie, die Gewehre auf sie gerichtet. Sie mußten wieder abziehen, und dann wurde ihnen verboten, sich wieder im Dorf blicken zu lassen.
All das erzählte der Wachmann Orge, der immer dafür sorgte, daß der Wachmann was Anständiges zu trinken hatte, und wenn er ein bißchen zuviel getrunken hatte, sorgte Orge dafür, daß der Mann hinter den vollen Kartoffelsäcken seinen Rausch ausschlafen konnte.
Dann konnte Orge sich in aller Ruhe mit dem Wirtshausbesitzer unterhalten oder ihm helfen, sein Motorrad in Ordnung

zu bringen – oder eine Probefahrt damit unternehmen, wenn sie es wieder in Gang gebracht hatten.
»Was für eine wunderbare Maschine!« sagte er.
»Ja, die ist gut«, sagte der Wirtshausbesitzer. »Und wir sind nur zehn Minuten von der holländischen Grenze entfernt. Fahr hin und guck dich um! Oder soll ich dich fahren?«
Sie fuhren hin.
»Wenn du jetzt absteigst und einige hundert Meter gehst, dann bist du in Holland«, sagte der Wirtshausbesitzer.
»Ja«, sagte Orge, »aber nicht ohne meinen guten Freund Carl von Ossietzky.«
Wenn sie fliehen wollten, war es höchste Zeit, denn sie hatten gerade erfahren, daß alle Gefangenen ihre persönliche Kleidung abliefern sollten.
Die Wachmannschaft war nämlich ausgetauscht worden, und das war die erste Veränderung. Die zweite war, daß die Häftlinge, die in Arrest geschickt wurden, fünfzig statt fünfundzwanzig Peitschenhiebe bekamen.
»Wir ziehen sie trotzdem an, unter der Gefängniskleidung«, sagte Orge zu Carl. »Und dann stecken wir ein wenig Brot ein. Morgen hauen wir ab. Bist du bereit?«
Am selben Abend wurden sie aus den Baracken gerufen und mußten sich in Reih und Glied aufstellen. Orges Nummer wurde aufgerufen, und er erfuhr, daß er frei war. Es kam so plötzlich!
Als sie zurückgingen, sah Carl Orge an.
»Es wird schwer hier ohne dich!«
Und schon am nächsten Morgen wurde Orge zusammen mit den anderen Gefangenen, die frei waren, in den Zug verfrachtet.
Bald saß er im Zug und rollte durch die Heide, über die er

mit Carl auf dem Motorrad hatte fahren wollen. Sie wären über die Grenze gefahren, und es wäre gutgegangen, denn es war eine öde Gegend ohne Hindernisse. Dann wären sie in Holland gewesen, dort hätte Carl Schutz und Hilfe bekommen, nach England oder wohin er wollte zu gehen.

Statt dessen war Orge jetzt auf dem Weg nach Berlin, und Carl war immer noch in Papenburg-Esterwegen, wo er dann sehr krank wurde und ins Krankenhaus gebracht werden mußte. Im Krankenhaus Westend in Berlin erreichte ihn die Nachricht, daß ihm der Friedensnobelpreis zuerkannt worden war, aber er durfte den Preis nicht entgegennehmen. Dem widersetzte sich der Mann, der nichts anderes wollte als Krieg. Und nicht lange nachdem er aus dem Krankenhaus entlassen worden war, starb Carl von Ossietzky, der Mann, der nichts anderes gewollt hatte als Frieden.

Aber zurück zu dem Mann, der eines Tages Annies Küsse bekommen sollte.

Jetzt war er wieder in Berlin, aber was sollte er dort tun? Eine bedrückende Ruhe lag über der Stadt, die aussah wie immer mit ihren geraden, breiten Straßen. Aber die Menschen hatten sich verändert. Alle, die gegen die Schreckensherrschaft gekämpft hatten, waren jetzt fort. Sie saßen im Gefängnis oder waren umgebracht worden oder ins Ausland geflohen, ins Exil. Das sollte Orge auch tun, fand Mama Else, sonst würde ihm bald ein Unglück widerfahren. Sie kannte ihren Sohn und wußte, daß er sich nicht lange zurückhalten konnte. Sie flehte ihn an zu fliehen, bevor die Gestapo, die Geheimpolizei, kam und ihn holte. Sie waren schon dagewesen, um seinen kleinen Bruder Hugo abzuholen. Der hatte sich aber so gut versteckt, daß sie ihn nicht fanden, und dann war er nach Frankreich geflohen.

Doch es dauerte nicht lange, da erschien die Gestapo wieder bei Mama Else, und diesmal kamen sie, um das Mädchen Hilde zu holen. Hilde hatte unvorsichtigerweise einen Brief an ihre Cousine in England geschrieben, und in dem Brief stand:

HIER IN DEUTSCHLAND IST EIN MANN MIT NAMEN HITLER AN DIE MACHT GEKOMMEN, UND ER WILL VON UNS JUDEN NICHTS WISSEN, OBWOHL WIR DOCH SCHON MEHRERE HUNDERT JAHRE HIER LEBEN.

Der Brief war beschlagnahmt worden, und am nächsten Tag wurde Hilde abgeholt und in Haft genommen. Acht Tage mußte sie in einer Zelle sitzen. Das war der Augenblick, in dem Mama Else wieder einmal einen ihrer seltenen Entschlüsse faßte und ihre Meinung sagte. Wenn noch etwas für die Kinder getan werden konnte, dann konnte nur sie es tun, denn Papa Alexander hatte sie einfach so verlassen, war krank geworden und vor kurzem gestorben.

Mama Else setzte ihren braunen Samthut auf und begab sich zur Polizeiwache am Alexanderplatz. Dort mußte sie viele Stunden warten, bevor sie zu einem Mann geführt wurde, der hinter einem großen Schreibtisch saß. Als er Mama Else sah, erhob er sich so heftig, daß sein Stuhl umfiel.

»Mein Gott, Frau Schmidt!« schrie er. »Was haben Sie hier zu suchen?«

Es war Paule aus Friedeberg, der Sohn jener Witwe, die so arm dran gewesen war, daß Mama Else ihr zu den christlichen Festen immer einen Korb mit Essensachen und zu den jüdischen Festen Geld geschickt hatte.

»Es geht natürlich um Orge?« vermutete Paule. »Wahrscheinlich hat er die Nazis verprügelt?«

»Das hat er wohl«, sagte Mama Else, »aber ich komme wegen meiner Tochter, wegen Hilde.«

»Wegen Hilde?«

An sie konnte Paule sich sehr gut erinnern! Das Mädchen mit den roten Kleidern.

»Sitzt sie auch im Gefängnis? Das kann doch wohl nicht sein?«

Er begann in den Papierhaufen zu wühlen. »Ist Hilde hier? Ja, tatsächlich! Das hätte ich nie gedacht.«

Er las das Papier und schüttelte den Kopf. »Was machen wir jetzt? Lassen Sie mich nachdenken. Haben Sie immer noch Verwandte in England?«

»Ja, das haben wir«, sagte Mama Else. »Mein Bruder ist gestorben, aber seine Frau und seine Tochter leben in London.«

»Hören Sie zu«, sagte Paule. »Morgen entlasse ich Hilde. Um zehn Uhr können Sie sie abholen, dann ist sie frei. Und diesen Akt, der numeriert ist, lege ich ganz zuunterst, damit er erst in einigen Wochen zum Vorschein kommt, und dann ist Hilde verschwunden. Und verschwunden ist verschwunden! Dagegen kann man nichts machen. Aber denken Sie immer daran, kein Wort darüber!«

Dann sagte er:

»Frau Schmidt! In der Stadt Friedeberg gab es fünftausend Menschen, und keiner von denen hat sich um meine Mutter gekümmert, nur Sie. Sie waren der einzige anständige Mensch, den wir kannten.«

Da begann Mama Else zu weinen und verabschiedete sich hastig.

Am nächsten Morgen war Hilde frei, und schon am selben Abend saß sie im Zug, der sie nach Amsterdam brachte. Von da fuhr sie nach London. Dort konnte sie ihrer Cousine bald mehr darüber erzählen, wie es in Deutschland aussah und wie es war, zusammen mit fünfundzwanzig anderen Frauen in einer Gefängniszelle eingesperrt zu sein. Es war der Erste Mai gewesen, und die Frauen hatten sie gebeten, ihnen ihr rotes Kleid zu schenken. Sie brauchten es, um daraus eine

Fahne zu machen. Aber Hilde wollte nicht nackt dasitzen und frieren. Statt dessen gab sie ihnen ihren roten Unterrock, und die Frauen zerrissen ihn und banden ihn an einen Besenstiel, und dann marschierten sie in der Zelle herum und sangen das Erste-Mai-Lied, daß es nur so schallte.
Aber es stimmte, was Hilde geschrieben hatte. Hitler hatte einen krankhaften Haß auf die Juden und würde bald, mit Hilfe von vielen anderen, die auch haßten, so viele wie möglich von ihnen umbringen. Das wußte Orge nicht, aber er witterte Gefahr, denn das Leben in Deutschland war für die Juden sehr schwer geworden. Sie durften nicht mehr arbeiten, und wie sollten sie überleben, ohne zu arbeiten? Wie sollte Orge auf Dauer durchkommen ohne Arbeit und Einkünfte?

Ein mutiger Mann, der Kaffeekocher verkaufte, widersetzte sich dem Verbot, Juden anzustellen, und beauftragte Orge, im Land herumzureisen und Einsätze für seine Apparate zu verkaufen. Auf einer dieser Reisen traf Orge auf eine kleine Gruppe Menschen, die beharrlich verbotene Zeitungen und Schriften verbreiteten. Dieser Menschengruppe schloß er sich an, und wo er hinkam, dort verteilte er ihre Schriften.

Aus Angst vor der Gestapo wohnte er lieber ein wenig außerhalb und schlüpfte in der Sommerhütte einer Cousine unter. Es war später Herbst, und dort lebte er ruhig bis zum Frühlingsbeginn, als der Spargel zu wachsen begann. Eines Morgens konnte er zehn Spargelstangen ausgraben. Damit fuhr er sofort los und brachte sie seiner Cousine und ihrem Mann. Die beiden freuten sich sehr. Sie selber trauten sich nicht mehr, zu ihrem Garten hinauszufahren, weil sie sich vor dem Blockwart fürchteten, der sie schikanierte, weil sie Juden waren. Orge war ihm noch nicht begegnet, doch eines Tages, als er den Gartenschlauch hervorgeholt und an einen Baum gehängt hatte und sich darunter duschte, kam der Blockwart, blieb am Zaun stehen und starrte.

»Was machen Sie hier?« fragte er.
»Was machen Sie selbst?« fragte Orge.
»Werden Sie nicht frech!«
»Dasselbe kann ich zu Ihnen sagen. Sehen Sie nicht, daß ich mich begieße?«
»Aber was haben Sie auf diesem Grundstück zu suchen?«
»Was haben Sie an meinem Zaun zu suchen?«
»Ihr Zaun?«
»Ja, der Zaun meiner Cousine und ihres Mannes, Doktor Gutfeldt.«
»Aha, Juden! Dann sind Sie auch Jude?«
Orge zog sich die Hose an und ging zum Zaun.
»Was wollen Sie eigentlich?«
»Diesen Ort judenrein machen«, sagte der Blockwart, drehte sich auf dem Absatz um und ging.
Orge legte die Hand auf den Zaun, um sich hinüberzuschwingen und hinter dem Mann herzulaufen und ihm eins aufs Maul zu geben, aber er beherrschte sich beim Gedanken an die Gestapo. Kriegte er Krach mit dem Blockwart, dann kam sie wohl und holte ihn ab. Um das zu vermeiden, fuhr er in die Stadt und bat die alte Dame, ob er wieder ein Zimmer bei ihr mieten könnte.
Es verging jedoch kein Tag, ohne daß er an den wachsenden Judenhaß erinnert wurde. Dieser Haß begegnete ihm sogar bei solchen Menschen, mit denen er einmal befreundet gewesen war. Auf der Straße stieß er plötzlich mit einem alten Bekannten aus seiner Taxifahrerzeit zusammen, einem Mann, der Nazi geworden war und trotzdem darauf bestand, Orge in eine Kneipe einzuladen. Orge sagte, es passe ihm nicht, mit Nazis essen zu gehen, aber der andere war beharrlich und zog Orge mit zum feinsten Restaurant, das er kannte,

Restaurant Horcher in der Martin-Luther-Straße. Und Orge hatte Hunger.
»Bestell dir, was du willst«, sagte der Mann. »Heute wollen wir feiern. Was treibst du denn so, wenn man fragen darf?«
»Ich verkaufe Einsätze für elektrische Kaffeekocher, obwohl ich das nicht darf.«
»Du darfst nicht?«
»Ich bin doch Jude.«
»Du bist ein Jude? Das hätte ich nie gedacht.«
»Warum nicht?«
»Solche Juden wie dich gibt's nicht.«
Da schob Orge den Teller von sich. »Jetzt möchte ich wissen, was du damit meinst? Daß ich ein anständiger Jude bin, wie? Ein Jude ganz ohne Fehler?«
»Mehr als das. Ich bewundere dich.«
Dieser Mann war der, der einmal einen Streikbrecher aus seinem Auto gezerrt und es dann gegen einen Baum gefahren hatte, wofür man Orge in den Knast stecken wollte. Jetzt lud er Orge zu einem Festmahl ein und wollte ihm hundert Mark dafür geben, daß er nichts gesagt hatte. Aber Orge wollte das Geld nicht annehmen.
»Du kannst doch einem Juden kein Geld geben!«
»Du bekommst soviel, wie du willst!«
»Danke, aber ich komm schon zurecht, und dieses Lokal gefällt mir nicht, also gehe ich jetzt. Sei vorsichtig mit dem, was du sagst.«
Das letzte hätte er selbst bedenken sollen. Er hätte auch nicht in Deutschland herumreisen und verbotene Schriften verteilen dürfen. Er hätte einfach ganz schnell zu Annie nach Prag aufbrechen sollen, aber er konnte sich nicht losreißen von seinem Vaterland. Nicht einmal, als er auf seinen Reisen

Schilder an den Dorfeingängen sah, auf denen stand, daß Juden nicht willkommen seien.
Erst als er bei der Heimkehr von einer seiner Reisen die Nachricht vorfand, die Gestapo suche nach ihm, begriff er, daß er in Deutschland nichts mehr ausrichten konnte.
»Wann waren sie hier?« fragte er die alte Dame.
»Heute morgen in der Früh. Bald sind sie wieder hier.«
Da ging Orge zum Telefon und rief die Gestapo selber an.
»Ich rufe im Auftrag von Herrn George Schmidt an«, sagte er. »Herr Schmidt befindet sich auf einer Reise über Land, nimmt aber Kontakt zu Ihnen auf, sobald er zurückkommt.«
»Richten Sie ihm aus, daß er sich sofort bei uns einzufinden hat!«
Dann blieb ihm nichts anderes mehr übrig, als sich von Mama Else und Bruder Erich zu verabschieden. Am liebsten hätte er gehabt, sie wären mitgekommen, doch Mama Else war krank und hatte keine Kraft, und Erich wollte sie in diesem Zustand nicht allein zurücklassen. Orge mußte ohne sie abfahren in dem Auto, das er billig von jemandem erworben hatte, der schon geflohen war – und der hatte den Zug genommen.
Aber wohin sollte er fahren? In welche Richtung? Sollte er nach Osten oder nach Westen fahren?
Er startete das Auto und steuerte in Richtung des Nachbarlandes Tschechoslowakei. Doch er kam nicht weit, da begann der Motor zu stottern, und das Auto blieb stehen. Orge stieg aus, öffnete die Motorhaube, und bald konnte er feststellen, daß die Benzinpumpe kaputt war. Der Motor bekam keinen Treibstoff, und was konnte er draußen auf dem Lande dagegen tun?
Plötzlich hatte er eine Idee und ging ins nächste Dorf. Dort

holte er sich in der Apotheke eine Klistierspritze – einen Behälter mit einem langen Schlauch, so ein Ding, mit dem man den Leuten den Darm ausspülte, wenn sie Verstopfung hatten. Er schaffte es, die Kanne in seinem Auto zu montieren, so daß es wieder fuhr, wenn er jede zweite Stunde anhielt und die Kanne richtete und Benzin nachfüllte.

Auf diese Weise gelangte er zur Grenze. Dort stoppten ihn die Grenzwachen und grüßten mit dem Hitlergruß. Er zwang sich, den Gruß zu beantworten, doch zum Glück hörten die Wachen nicht, was er dazu sagte.

»So hoch reicht die Scheiße!« sagte er und hob die Hand, so hoch er konnte.

Und als die Wachen wissen wollten, aus welchem Grund er das Land verließ, antwortete er: »Geschäfte.«

Die Wachen musterten ihn mißtrauisch.

»Was für Geschäfte?«

»Ich verkaufe Einsätze für Kaffeekocher«, erklärte Orge und stieg aus dem Auto. Er öffnete den Gepäckraum und zeigte die Einsätze, die er aus einer plötzlichen Laune heraus mitgenommen hatte.

Die Wachen nahmen sie in die Hand und untersuchten sie genau, und der eine Wachmann zeigte mit einemmal Interesse.

»Guck mal!« rief er aus. »Die sind in Sachsen hergestellt! Das ist kein Trödel.«

Er war aus Sachsen, das hörte man an seinem Dialekt, und die Einsätze stimmten ihn freundlicher gegen Orge, der bald darauf weiterfahren konnte.

»Viel Glück bei den Geschäften!« rief der Mann.

»Heil Hitler!« schrie der andere und grüßte wieder mit dem Hitlergruß.

»So hoch reicht die Scheiße!« antwortete Orge und streckte wieder den Arm aus, ehe er Gas gab. Er fuhr geradewegs an der tschechischen Grenzstation vorbei. Die tschechischen Grenzwachen liefen schreiend hinter ihm her, bis er auf die Bremse trat und rückwärts fuhr und tausendmal um Entschuldigung bat, aber er sei so glücklich gewesen, endlich in einem Land zu sein, in dem man alles sagen durfte, was man dachte. Nur deswegen sei er so schnell gefahren!
»Ja«, sagte der eine Tscheche, »und dann auch noch auf der falschen Seite.«
In dem Land herrschte nämlich Linksverkehr.
»Und was wollen Sie hier?«
»Ich bin in Geschäften unterwegs, verkaufe Einsätze für Kaffeekocher.«
»Was verkaufen Sie?«
Wieder zeigte Orge die merkwürdigen Einsätze, die die tschechischen Grenzwachen so sehr interessierten, daß Orge ihnen alle schenkte. Dann konnte er geradewegs nach Prag und zu Annie fahren, von der er immer noch nichts wußte.
So ungefähr war der weite Weg zu ihr – sie, die sich in diesem Augenblick immer noch in der Zukunft befand. Nie wissen wir, was sich darin verbirgt. Obwohl er sich ihr mit großer Geschwindigkeit näherte, wußte er noch nichts von ihr.

Und Annie wußte auch nichts. Sie, die sich nun schon so lange sehnte, sie wußte nur nicht, nach wem. Doch jetzt war er unterwegs. Er hielt nur einmal an und füllte Benzin in der Kanne nach. Dann fuhr er nach Prag hinein und suchte sich ein billiges Hotel, wo er sein Auto und seine wenigen Habseligkeiten ließ – einen Kamm und eine Bürste und ein paar Hemden –, ehe er sich aufmachte, all die Schönheiten zu betrachten, die es in dieser Stadt gibt.

Er ging zu dem alten jüdischen Friedhof, wo so wenig Platz ist, daß die Toten in sieben Lagen übereinander beerdigt werden, und zu dem Rathaus mit der Uhr, die vom Tod persönlich in Gestalt eines kleinen Skeletts bewacht wird – das sich jede Stunde streckt und eine goldene Glocke läutet, um alle, die drum herumstehen, daran zu erinnern, daß sie noch leben.

Zu ihnen gehörte Orge jetzt. Er stand da und guckte, aber Annie sah er nicht. Oder vielleicht hat er sie gesehen. Vielleicht sah er sie unter all den Menschen, wußte aber nicht, daß sie es war. Er war nur glücklich, daß er Deutschland mit heiler Haut entkommen war, und natürlich fühlte er sich fremd in Prag, allein und verwirrt, aber gleichzeitig fühlte er sich eigentümlich zu Hause in den verwinkelten Gassen, so daß seine Füße dort wie von allein mit ihm herumwanderten.

Es war, als ob sie die ganze Zeit genau wüßten, wohin sie gehen sollten.
Zuerst zu einem Café, das Continental hieß. Dort traf er viele andere, die genau wie er im Exil waren. Sie luden ihn ein, sich zu ihnen zu setzen, und dann halfen sie ihm, ein Zimmer zu mieten, ein Zimmer unterm Dach, das gleich um die Ecke an dem Platz mit dem Rathaus und der Uhr war. Karlova heißt die Straße, und dort traf er eines Tages – nein, nicht Annie! Noch nicht! Einen alten Bekannten aus Sonnenburg, dem Zuchthaus, wo man den ganzen Tag lang mit sinnlosem Exerzieren geplagt wurde. Egon hieß er, aber er wurde immer der Schöne Egon genannt wegen seiner großen traurigen Augen. Egon war von den Aufsehern besonders gequält worden, weil er Tscheche war.
Jetzt war er wieder in seiner Heimatstadt und wohnte in einem Küchenwinkel bei seiner Schwester und ihrem Mann, der war Schneider. Bei ihnen saß er meistens und steckte die Nase in ein Buch.
»Guck ihn an!« sagte die Schwester seufzend, als Orge sie besuchen kam. »Er tut nichts anderes mehr als lesen.«
»Laß mich in Frieden!« bat Egon.
»Aber deine Schwester hat recht«, sagte Orge. »So kannst du nicht länger herumhängen. Wir müssen uns was einfallen lassen.«
»Was können wir tun?«
»Wir müssen uns eine Arbeit suchen.«
»Für uns gibt es keine Arbeit.«
Damit hatte Egon recht, aber Orge hatte plötzlich solche Lust, wieder reich zu werden, und als er zum Schneider hineinschaute, der in einem Haufen Stoffreste im Nachbarzimmer saß und nähte, hatte er eine Idee.

»Ich weiß, was wir tun!« sagte er zu Egon; und dann bat er Egons Schwester, Kaffee zu kochen, während er loslief und Kuchen kaufte – Kuchen mit Pflaumenmus, wie es ihn nur in Prag gibt. Zwei Stück für jeden kaufte er, und dann, als sie dasaßen und Kaffee tranken, erklärte er ihnen seinen Plan. Zunächst brauche er einige ordentliche Säcke, sagte er, und dann brauchte er eine Liste aller Schneider, die es in der Stadt gab.

»Und dann suchen wir sie auf und bitten sie, unsere Säcke mit alten Stoffresten zu füllen. Ich werde Lumpensammler, und du, Egon, wirst mein Kompagnon.«

Egon war nicht so begeistert von der Idee, aber die Schwester brachte ihn bald auf Trab. Sie scheuchte Egon vom Küchentisch auf und half ihnen, zwanzig große Säcke zusammenzusuchen, die sie bei zwanzig Schneidern ablieferten.

»In ein paar Tagen kommen wir wieder und holen sie ab und bezahlen für den Inhalt«, sagte Orge auf deutsch zu Egon, der es ins Tschechische übersetzte.

Die Schneider fanden die Idee glänzend. Für ihre alten Stoffreste bezahlt und sie auch noch weggetragen zu bekommen! Bald blühten die Geschäfte, und Egons Schwester mußte doppelt so viele Säcke heranschaffen, dreimal soviel, viermal soviel, fünfmal soviel! Wie viele Säcke sie auch ergatterte, sie reichten nicht, denn jetzt gab es siebzig Schneider in der Stadt Prag, die ungeduldig darauf warteten, daß Orge und sein Kompagnon Egon kamen und ihnen die alten Lumpen bezahlten und sie forttrugen. Orge und Egon brachten die Säcke zur Lumpenhändlerfirma, wo der Inhalt sortiert wurde – Wollstoff für sich, Halbwolle und Baumwolle für sich und dann Seide.

Der Schöne Egon wollte keineswegs mehr über den Büchern

hängen. Er wollte raus und Lumpen sammeln, denn wenn man das tut, passiert so viel. Da traten sie ein bei einem Schneider in einer der schmalen Gassen, einem kleinen Mann, und es zeigte sich, daß er den ganzen Keller voller alter Stoffproben hatte.
»Nehmt sie mit«, sagte er fröhlich. »Ich bin euch dafür sehr dankbar. Nehmt jeden Fetzen. Und außerdem braucht ihr jeder einen Anzug, wie ich sehe. Die werde ich euch nähen, sobald ich dazu komme. Und ihr kriegt sie billig.«
Ein andermal kamen sie zu einem Schneider, der sie in ein Café in der Nähe einlud, weil es ungefähr zwischen ein und vier Uhr war, und zwischen eins und vier saß man in Prag am liebsten im Café und unterhielt sich oder las die Zeitung.
»Ich weiß, wie es ist, im Exil zu sein«, sagte er. »Ich komme aus Wien.«
Eines Tages waren sie bei einer Schirmfabrik. Dort gab es reichlich Baumwoll-Lumpen. Die Besitzer sagten, sie könnten alles mitnehmen.
»Ihr braucht nichts zu bezahlen.«
Es waren bestimmt zwischen fünfzig und sechzig Säcke, und sie bedankten sich sehr, bestanden aber darauf zu bezahlen. Sie wollten ihren guten Namen nicht riskieren und waren nicht auf Geschenke aus.
»Dann möchte ich jedenfalls, daß ihr Freitag zu mir und meiner Familie zum Essen kommt.«
Sie bedankten sich, und als sie gegangen waren, sagte Egon: »Ich glaube, ich weiß, warum. Er hat nämlich eine sehr hübsche Tochter. Anja heißt sie. Ich mag sie – und ich glaube, sie mag mich.«
»Jetzt bloß keine Geschichten!« bat Orge. »Verlieb dich jetzt nicht, dafür haben wir keine Zeit.«

»Aber ich hab doch gesagt, daß ich sie mag!«
»Wie lange schon?«
»Seit ein paar Wochen.«
»Eine Braut kostet Geld. Man muß Geschenke kaufen. Man kann nicht nur rumsitzen und mit ihr schmusen.«
»Nein«, sagte Egon, »Anja kostet mich nichts. Sie verlangt nichts weiter von mir, als daß ich sie küsse und liebe.«
Da sagte Orge nichts mehr, denn was kann man schon dagegen sagen, wenn es um Liebe geht? Das hatte er viele Male gemerkt. Er wußte ja nicht, daß er bald an der Reihe war. Noch arbeitete er ruhig, trug seine Säcke durch die Gassen und freute sich an dem Tag, als er eine Karre fand, auf der er die Säcke transportieren konnte. Das Auto hatte er schon längst abgeben müssen, da es nicht erlaubt war, über eine bestimmte Zeit hinaus mit einem ausländischen Autokennzeichen herumzufahren. Um die Erlaubnis zu verlängern, mußte man zurück über die Grenze und sich einen Stempel in einem Papier beschaffen, und da er aus bestimmten Gründen nicht zurückfahren konnte, beschlagnahmte der Zoll das Auto. Aber alles, was man abmontieren konnte, hatte Orge verkauft – die Scheinwerfer, den Motor, die Sitze – doch darüber wollte er lieber nicht reden.
»Ich bin bestohlen worden«, behauptete er, brauchte jedoch nichts weiter zu erklären. Der Zollbeamte hatte großes Verständnis für die Angelegenheit.
»Das kann ich mir denken«, sagte er, »wo hat das Auto gestanden?«
»Hinter dem Pulverturm.«
»So was passiert«, sagte der Zollbeamte und zwinkerte.
Auf diese Weise hatte Orge für den Anfang Geld für die Miete und Essencoupons, denn er ging fast immer in ein Lokal

zum Essen, wo man mit Coupons bezahlte. Man kaufte ein Heft, das dann von dem Mädchen an der Kasse abgeknipst wurde. Eine Portion Essen kostete zwölf Coupons. Das Mädchen, das die Teller füllte, gab Orge immer einen Extraschlag – legte ihm zum Beispiel fünf Kartoffeln statt zwei auf den Teller. Und das Mädchen an der Kasse sah ihn an, lächelte und knipste nur einen Coupon statt zwölf. Er war dort der Liebling der Mädchen.

Eines Tages wollte er herauskriegen, ob er woanders genauso freundlich behandelt wurde, und ging in die »Ente«, wo er zu seiner Enttäuschung keine Extrakartoffeln bekam, und an der Tür schimpfte der Türsteher mit einer jungen Dame, die ihre Coupons nicht finden konnte. Verzweifelt suchte sie in ihren Taschen und in ihrer Handtasche und war sehr aufgeregt und verlegen. Jemand bot ihr sein Heft an, aber sie merkte es nicht, weil der Türsteher sie nicht in Ruhe ließ.

Jetzt gilt es, ruhig Blut zu bewahren, dachte Orge, es ist nicht gut, sich zu prügeln, wenn man sich im Exil befindet. Dann ist man zu Gast im Lande und muß sich anständig benehmen, aber Streit hing schon in der Luft. Als der Türsteher »verdammte Jüdin« sagte, konnte Orge nicht mehr an sich halten. Er stellte sein Tablett ab, und blitzschnell hatte er dem Türsteher einen Boxhieb versetzt und ihn in die Garderobe geschleudert und ihm versprochen, daß er noch nicht fertig mit ihm war. Zunächst mußte er aber dafür sorgen, daß die junge Dame etwas zu essen bekam.

Eilig verließen sie die »Ente« und gingen in Orges Stammlokal.

»Hier ißt man gut und fast umsonst!« versprach Orge.

»Für wieviel denn?« fragte Annie besorgt, denn sie hatte immer noch nichts, womit sie bezahlen konnte.

»Billig, billig!« versicherte Orge. »Du kannst dir nicht vorstellen, wie billig. Wart's ab.«
Also gingen sie hinein und holten sich jeder eine Portion Essen, aber sie bekamen nur zwei Kartoffeln, und das Mädchen an der Kasse warf Orge einen Blick zu, einen einzigen, und das war nicht der übliche Blick. Dann nahm sie sein Heft und knipste vierundzwanzig Coupons.
Seitdem hat sie ihn nie mehr angesehen.

Aber was machte das schon, nachdem er Annie begegnet war? Jetzt hatten sie sich endlich getroffen!
Da saßen sie im Restaurant und aßen und tranken und redeten, als ob sie sich schon immer kennten. Sie hatten sofort so viel, worüber sie reden mußten. Was für ein Glück, daß Annie Deutsch konnte.
Als sie zurück zu ihrer Arbeit mußte, beschlossen die beiden, sich bald wiederzutreffen, sobald sie nur konnten, noch am selben Abend!
Doch bevor Orge an diesem Abend zu dem Treffen mit Annie ging, mußte er noch einmal in die »Ente«.
»Na?« sagte er zum Türsteher, der immer noch ziemlich erbost über den Boxhieb war. »Hast du genug, oder willst du noch mehr haben?« Der Türsteher, der seine Revanche haben wollte, folgte Orge durch die nächste Tür. Doch die war kaum hinter ihnen zugefallen, da lag er auch schon auf dem kalten Steinfußboden, und kaum war er wieder auf den Beinen, flog er wieder hin. Dann ließ Orge ihn ein Weilchen ausruhen, bevor er ihm noch eine Abreibung gab.
»Schön!« keuchte Orge jedesmal, wenn er einen Volltreffer gelandet hatte. »Schönes Gefühl, einen Nazi zu vermöbeln.«
Und als der Türsteher genug hatte, öffnete Orge die Tür und

warf ihn hinaus auf die Straße und schrie: »Verschwinde, du Schwein!«

Dann war er bereit, Annie zu treffen, die an der nächsten Straßenecke auf ihn wartete.

»Komm, ich zeig dir was!« sagte er.

Sie versuchte zu raten, was das sein könnte, aber er wollte es nicht verraten. Als er sie mit zur »Ente« zog, sträubte sie sich.

»Was haben wir dort zu suchen?«

Orge öffnete die Tür zum Restaurant und bat sie hineinzusehen. Dort stand der Türsteher – und wie er aussah! Das eine Auge war ganz zugeschwollen, und das andere sah fast genauso mitgenommen aus.

»Was ist passiert?« rief Annie. »Hast du ihn so zugerichtet?«

»Ja«, antwortete Orge stolz.

Und dann war es Zeit für die Küsse. Jetzt kommen sie endlich, aber nicht vorm Restaurant, sondern ein paar hundert Meter weiter, als Annie sich ein wenig beruhigt und aufgehört hat, darüber nachzudenken, was sie eigentlich von der Sache hält. Sie mag keine Prügeleien und Auseinandersetzungen und hat Angst vor dem, was passieren kann, wenn die Polizei Orge erwischt; aber als er sie anschaut und den Arm um ihre Taille legt, vergißt sie es, als er sie auf diese ganz besondere Art anschaut, wie Menschen einander nur bei besonderen Gelegenheiten anschauen.

Es geschieht auf der alten Karlsbrücke, die zur anderen Seite von Prag führt, zur Kleinseite. Dort bleiben sie stehen und küssen einander, denn jetzt wissen sie es beide – plötzlich wissen sie es, daß sie ihr ganzes Leben lang hierher unterwegs waren. Und noch sind sie nicht angekommen. Das sind sie erst, als es Nacht wird, diese Nacht.

Und dann wird es Sommer, jener Sommer, in dem Orge sich

nicht ein einziges Mal geprügelt hat, denn das hat Annie ihm verboten.
»Wenn die Polizei erfährt, wie du dich benimmst, wirst du aus dem Land geworfen!« warnt sie ihn.
Doch die Polizei erfährt nicht mehr, als daß er arbeitet und sein täglich Brot verdient – und noch ein wenig darüber hinaus, genug für die Miete und das eine oder andere Geschenk für Annie –, obwohl Menschen im Exil das Arbeiten verboten ist. Sie dürfen sich im Land aufhalten, aber kein Geld verdienen, indem sie zum Beispiel Lumpensäcke schleppen.
Die Geschäfte gehen glänzend, doch eines Tages, als Orge gerade so viele Säcke geschleppt hat, daß es zu einem richtig schönen Geschenk für seine Liebste reicht, einen Füller aus echtem Gold, klopft es an der Tür seines kleinen Mansardenzimmers, und draußen steht ein Polizist, der hereinkommen will. Es ist früh am Morgen, und Orge ist noch nicht angezogen, aber er bittet den Polizisten herein und fragt, ob er ihm etwas anbieten darf – vielleicht ein Bier? Etwas anderes hat er leider nicht im Haus, aber der Polizist sagt, das sei ihm gerade recht. Als er das Glas geleert hat, sagt er, daß er einer Anzeige nachgehen muß. Jemand hat bemerkt, daß Orge arbeitet, und ihn angezeigt.
»Was solltest du auch anderes tun?« sagt der Polizist verständnisvoll. »Du mußt ja auch leben. Und wenn du unser gutes tschechisches Bier trinken willst, brauchst du Geld. Ein Bier, das so gut schmeckt wie dies hier, kriegt man nicht umsonst. Es schmeckt wirklich sehr gut.«
»Darf es noch eins sein?« fragt Orge.
»Dagegen hab ich nichts einzuwenden«, sagt der Polizist und sieht sich in dem kleinen Zimmer um. Da gibt es jedoch nicht viel zu sehen. Einige Hemden liegen auf einem Haufen, und

an einem Bügel hängt der neue Anzug, aber um den kümmert sich der Polizist nicht. Der Anzug ist für einen mageren Mann genäht, und der Polizist ist klein und dick. Das einzige, was wertvoll zu sein scheint, ist der Füller, der in seinem Futteral auf dem Tisch liegt.
»Ist der aus Gold?« fragt der Polizist.
Orge nickt.
»Nicht schlecht«, sagt der Polizist anerkennend. »Aber den gibst du wahrscheinlich nicht gern her?«
»Doch«, sagt Orge. »Das soll ein Geschenk sein. Nehmen Sie ihn, wenn er Ihnen gefällt.«
»Ja, er gefällt mir«, sagt der Polizist und steckt den Füller ein. »Und diese Anzeige, von der ich sprach, werfe ich in den Papierkorb. Wenn eine neue kommt, werde ich dem alten Lumpensammler, der so was macht, ein paar passende Worte sagen. Er ist nur neidisch. Ich werde ihn fragen, ob er sich nicht schämt, einen Menschen anzuschwärzen, der ins Exil mußte. Hör zu! Alle Anzeigen, die gegen dich eingehen, landen bei mir, und dann landen sie im Papierkorb. Mach du deine Geschäfte in aller Ruhe. Du scheinst ein anständiger Mensch zu sein.«

Kein Wunder, daß es Orge in Prag gefällt. Die Polizei läßt ihn arbeiten, Annie gibt ihm all ihre Küsse, und die Leute sind so freundlich zu ihm, daß er alles vergißt, was mit Prügeleien zu tun hat. Er hat sich gerade mit Annie verlobt, als alles ein Ende mit Schrecken nimmt.

Hitler ist jetzt soweit, seinen großen Krieg zu beginnen, und beginnt damit, die Tschechoslowakei zu zersplittern, indem er diejenigen Gebiete besetzt, die deutschsprachig sind. Das führt dazu, daß die Regierung zurücktritt. Die neue Regierung ist ganz in den Händen der Deutschen, und eine Verhaftungswelle bricht aus.

Eines Tages, Orge sitzt mit Annie im Café, erscheint ein Mann in Begleitung von zwei Polizisten und zeigt auf Orge. Der muß aufstehen und Annie verlassen – und dann geht alles sehr schnell. Bald wird er wieder in eine überfüllte Gefängniszelle gestoßen, aber jetzt ist er an Gefängnisse gewöhnt. Er hat gelernt, wie man durchkommt. Man beißt die Zähne zusammen und wartet die Zeit ab. Diesmal gelingt ihm das nicht so gut. Er weiß, daß etwas Furchtbares auf der Welt passiert, und er zehrt sich auf vor Sorge in derselben Geschwindigkeit, wie die Wanzen an ihm fressen.

In der Zelle gibt es zehn Pritschen, auf denen die Gefange-

nen, die sehr viele mehr sind, abwechselnd liegen. Wegen der Gerechtigkeit – immer noch spricht man von Gerechtigkeit – haben sie beschlossen, daß jeder drei Stunden auf der Pritsche schlafen darf, wenn er kann, denn kaum haben sie sich ausgestreckt, da kriechen schon die Wanzen hervor, die in faustgroßen Nestern unter den Bodendielen wohnen. Wenn sie die Wärme der Menschenkörper spüren, kommen sie heraus und saugen sich mit Menschenblut voll.
Nach zwei Tagen ist Orge übersät von Wanzenbissen. Als das Gerücht umgeht, daß die Gefangenen von einem Arzt untersucht werden sollen, kratzt er eine Handvoll dieser kleinen Untiere zusammen und steckt sie in eine Streichholzschachtel. Die nimmt er mit zum Arzt. Der Arzt wirft Orge einen Blick über den Brillenrand zu und stellt fest, Orge sehe gesund aus.
»Du verträgst den Gefängnisaufenthalt.«
»Ja«, sagt Orge, »aber wenn ich noch länger hier bleibe, werde ich krank. Das werden wir alle.«
»Warum?«
»Wegen der Hygiene.«
»Ist damit was nicht in Ordnung?«
»Genau. Vierzig Leute in einer Zelle für zehn. Zehn Schlafplätze für vierzig, die zwischen Wanzen schlafen sollen.«
»Wanzen? Hier gibt es doch keine Wanzen! Das ist eine verdammte Lüge!«
Aber Orge läßt sich nicht beeindrucken. Ruhig holt er die Streichholzschachtel hervor, öffnet sie und steht auf.
»Ist das eine Lüge?« fragt er und wirft dem Arzt die Wanzen ins Gesicht.
Der Arzt brüllt, und die Wachen ziehen Orge eilig mit sich fort und stecken ihn wieder in die Zelle. Da sitzt er dann

etwas zufriedener als vorher, aber am nächsten Tag wird er zusammen mit einem anderen Gefangenen aufgerufen und bekommt den Bescheid, daß er ausgewiesen wird. Leute, die anderen Wanzen ins Gesicht werfen, kann man ja nicht im Gefängnis behalten. Zunächst sollen sie in das Asyl auf der anderen Seite des Platzes gebracht werden, und von dort sollen sie dann Stadt und Land verlassen. Eine schlimmere Strafe gibt es nicht für Orge.

Verzweifelt schmiedet er zusammen mit seinem Unglückskameraden einen Plan. Sie wollen die Wache hereinlegen. Sobald sie hinaus auf den Platz kommen, wollen sie jeder in eine andere Richtung laufen. Der eine soll nach rechts und der andere nach links laufen. Das hat sich Orge so ausgedacht. Die Wache wird so verwirrt sein, daß sie sich nicht entscheiden kann, wem sie nachlaufen soll. Einer von beiden kommt bestimmt durch.

Doch Orge hat nicht bedacht, daß an dem Tag Markt ist, und überall sind massenhaft Menschen. Er hat sich auch nicht vorstellen können, daß sein Mitgefangener sich nicht an die Absprache halten wird, sondern brav an der Seite der Wache stehenbleibt, als Orge sich nach dem ausgemachten Signal in Bewegung setzt.

Orge läuft um sein Leben, aber die Wache schreit den Menschen zu, den Ausbrecher zu fassen, und diesmal sind die Prager nicht gnädig. Vielleicht glauben sie, Orge sei ein Dieb oder ein Mörder, und bilden ein Spalier. Nirgendwo wird er durchgelassen. Er muß sich wieder gefangennehmen lassen. Er wird ins Asyl gebracht, wo man ihn fragt, zu welcher Grenze er gefahren werden möchte. Zur deutschen oder zur polnischen?

Er entscheidet sich für die polnische. Dann darf er noch ein-

mal wählen. Möchte er im Auto eskortiert werden oder mit dem Zug fahren?
Er entscheidet sich für den Zug. Aber erst einmal darf er duschen und muß seine Kleider zur Desinfektion abliefern. Er bekommt eine Salbe, womit er seine Wanzenbisse einreiben kann, und dann bekommt er warmen Kakao und Kuchen mit Pflaumenmus.
Der Aufseher, der ihm das Tablett bringt, bietet ihm an, einen Karton zu holen, in den er seinen Besitz packen kann – die Hemden, den Anzug, den Kamm und die Bürste, die Annie ihm gebracht hat. Gleich wird er sie treffen und sich von ihr verabschieden. Sie wartet unten am Eingang.
Das letzte Mal, da sie sich sehen, sprechen sie nicht viel miteinander, denn Annie kann nicht. Sie weint die ganze Zeit, und Orge weiß nicht, was er sagen soll. Der Aufseher wird plötzlich von Mitleid gepackt und sagt, Annie darf bis zur Grenze mitfahren. Auf diese Weise haben sie noch ein paar Stunden zusammen.
Sie folgt ihm bis Mährisch-Ostrau, und während der letzten Stunden mit Annie versucht Orge sie zu überreden, mit ihm zu kommen.
»Komm mit mir, Annie!« fleht er. »Du wirst es gut bei mir haben. Ich werde alles für dich tun! Ich laß nicht zu, daß es dir schlechtgeht.«
Aber sie wissen beide, daß es unmöglich ist. Was hat er ihr anderes zu bieten als ein Dasein auf der Flucht? Es ist noch fraglich, ob er allein in Polen zurechtkommt, wo er keine Aufenthaltserlaubnis hat. Außerdem kann Annie nicht einfach so weggehen. In diesen unruhigen Zeiten will sie ihre Eltern nicht verlassen, aber sobald die Lage besser wird, will sie versuchen nachzukommen.

»Sobald es geht!« verspricht sie und steigt aus und winkt Orge nach.
Dann verläßt der Zug die Tschechoslowakei und fährt nach Polen hinein mit Orge, der weiß, daß es jetzt um sein Leben geht. Er darf an nichts anderes denken!

II

Aber wer ist der Herrscher über seine Gedanken? Wer kann es beim Aufwachen lassen, an das zu denken, was ihm als erstes in den Sinn kommt? Wer kann das letzte verjagen, das in seinem Kopf kurz vorm Einschlafen auftaucht, etwas, das sein Herz so sehr rasen läßt, daß er einige Stunden später wieder wach wird, mitten in der Nacht erwacht oder gegen Morgen, ohne daß er weiß, was er tun soll. Wie soll Orge vergessen, an Annie zu denken.

Wochenlang denkt er an sie – und monate- und jahrelang. Tag und Nacht. Aber laßt uns nur die erste Nacht nehmen, die Nacht, als er in Polen ankam.

Nachdem der Zug die Grenze passiert hatte, stieg Orge aus. Dann stand er auf dem fremden Bahnhof und sah sich unschlüssig um in der Dunkelheit und dem Nebel. Wohin sollte er sich wenden mit seinem kleinen Pappkarton?

Die anderen Passagiere verschwanden rasch, und der Zug fuhr weiter. Schließlich stand nur er noch auf dem Bahnsteig sowie eine regungslose Figur mit einem großen Koffer, sein Mitgefangener, der auch ausgewiesen worden war. In einiger Entfernung schimmerten die Lichter und Konturen einer Straßenbahn. Langsam gingen sie darauf zu. Sie hielt; es sah fast aus, als ob sie auf die beiden gewartet hätte. Also gingen sie schneller, und kaum waren sie eingestiegen, setzte sie sich in Bewegung mit ihrer Last von Menschen, die alle Fahrkarten für polnisches Geld gekauft hatten, aber Orge und sein Unglückskamerad hatten nur tschechisches. Was sollten sie tun, wenn der Schaffner zu ihnen kam? Würde er verstehen, daß sie illegale Flüchtlinge waren, und Maßnahmen ergreifen?

Aber es bestand keine Gefahr. Der Schaffner ließ sie Fahrkarten für viele tschechische Kronen kaufen.

»Mehr!« sagte er.

Sie gaben ihm, was er haben wollte, und kaum hatten sie bezahlt, da stieg ein Polizist in den Wagen, sah sich um und fragte, ob am Bahnhof jemand eingestiegen sei.

Der Schaffner schüttelte den Kopf, und als der Polizist wieder ausgestiegen war, erklärte der Schaffner in gebrochenem Deutsch, daß sie keine Angst mehr zu haben brauchten. Dann schlug er vor, daß sie noch fünf Stationen weiter mitfahren sollten.

»Bei der sechsten steigt ihr aus und nehmt die erste Straße nach links. Im zweiten Haus, dem kleinsten der ganzen Straße, wohnt ein Uhrmacher. Der kann eure tschechischen Kronen gegen polnisches Geld wechseln. Er wird euch auch sagen, wie ihr euch verhalten müßt, damit die Polizei euch nicht schnappt.«

Sie bedankten sich beim Straßenbahnschaffner und befolgten seinen Rat – stiegen bei der sechsten Station aus, bogen in die erste Straße nach links ein und gingen zu dem kleinsten Haus, das einzige, in dem noch Licht in einem Fenster war. Dort klopften sie an, und ein Mann mit einem langen roten Bart öffnete ihnen. Es zeigte sich, daß er sehr verständnisvoll war, er kochte ihnen Tee und sagte ihnen dann, wie sie sich verhalten mußten, um durchzukommen. Sie sollten nach Krakau fahren.

»In einer Stunde fährt ein Zug dorthin, aber ihr dürft nicht hier einsteigen. Ihr müßt wieder die Straßenbahn nehmen und zehn oder fünfzehn Haltestellen fahren und dann auf einem der kleinen Bahnhöfe in den Zug steigen. Kauft die Fahrkarten direkt beim Schaffner, und vergeßt keinesfalls, ihm ein ordentliches Trinkgeld zu geben. Das wird euch ein gutes Stück vorwärtshelfen, vielleicht bis Krakau, wenn das Glück auf eurer Seite ist.«

Sie taten, was er ihnen gesagt hatte, und um ein Uhr in der Nacht waren sie in Krakau. Dort nahmen sie sich ein Zimmer für Reisende. Der Wirt, der auch einen langen roten Bart hatte, brachte sie die Treppe hinauf und zeigte ihnen die Kammer, während er ständig nervös redete. Sie waren zu müde, um ihm zuzuhören. Sie mußten ins Bett und schlafen, aber kaum hatten sie die Schuhe ausgezogen, flog die Tür auf, und da stand der Rotbärtige und bat tausendmal um Entschuldigung, daß er sie störte, aber er hatte keine andere Wahl, denn jetzt war Gefahr im Verzug.

»Ihr müßt das Zimmer sofort verlassen!« erklärte er. »Der liebe Gott möge mir verzeihen, daß ich zwei arme Menschen wegschicke, die sich auf der Flucht befinden, aber die Polizei ist gleich hier! Ich hatte nicht gedacht, daß es so böse aussieht, aber es heißt, sie machen heute nacht Treibjagd auf deutsche Juden, die sich im Land verstecken, und jetzt werden sie alle Wirtshäuser und Hotels durchkämmen.«

Hastig zogen sie ihre Schuhe wieder an und liefen auf die Straße, Orge mit seinem Karton und der andere mit seinem Koffer, der so schwer war, daß Orge ihn schließlich tragen mußte.

Hierhin und dahin liefen sie in den engen Gassen, bis sich eine zu einem Platz öffnete. Als sie dort stehenblieben und nach Luft schnappten, bekam Orge plötzlich einen Stoß, der so heftig war, daß er vorwärts taumelte. Er konnte gerade noch denken, daß jetzt alles zu Ende war. Jetzt war der Moment gekommen, wo er den Deutschen ausgeliefert wurde, da erkannte er eine Stimme, die er seit vielen Jahren nicht gehört hatte. Aber es gab keinen Zweifel, es war – Boleks Stimme! Bolek, der Spieler. Der Kartenspezialist, der niemals schummelte, nur das Glück korrigierte, wie er zu jener Zeit zu sagen pflegte, als Orge ihn mit seinem Taxi aus einer der Spielhallen Berlins abholte. Es war der Kunde, der umsonst mitfahren durfte, wenn er trotz seiner Geschicklichkeit sein ganzes Geld losgeworden war. Jetzt stand er auf dem Marktplatz in seiner Heimatstadt Krakau und wollte wissen, was Orge dort zu suchen hatte mit einem Pappkarton in der einen Hand und einem schweren Koffer in der anderen und einem finsteren Unglückskameraden, der ihm wie ein Schatten folgte.

»Heute nacht ist es sehr gefährlich, Deutscher und Jude zu sein!«

»Ich weiß«, sagte Orge, »aber wohin sollen wir?«

Bolek betrachtete ihn nachdenklich.

»Habt ihr Geld?«

»Ein bißchen.«

»Prima«, sagte Bolek, »ich bin nämlich blank und hab Hunger. Kommt, wir gehen was essen. Ich kenne ein Lokal, da gibt's Karpfen und so kleine leckere Hörnchen mit Mohn drauf. Wenn man die gegessen hat, sieht das Leben gleich ganz anders aus.«

Dorthin gingen sie und aßen und tranken, und nachdem sie

das getan hatten, fiel Bolek ein, daß er jemanden kannte, der ihnen vielleicht ein Zimmer vermieten würde.

Es zeigte sich, daß das kleine Zimmer ein ausgezeichnetes Versteck war, sauber und hübsch mit einem großen Doppelbett, das sie sich teilten. Darin konnten sie ausruhen, während die anderen deutschen Juden von der Polizei gejagt wurden.

Später stellte sich nämlich heraus, daß ein junger Mann polnisch-jüdischer Herkunft in Paris ein Attentat auf einen deutschen Diplomaten verübt hatte, und zur Strafe hatten die Deutschen alle polnischen Juden aus Deutschland ausgewiesen. Darauf antworteten die Polen, indem sie alle deutschen Juden aus Polen auswiesen, aber Orge und seinen Unglückskameraden erwischten sie nicht. Sie schliefen tief und fest in dem Doppelbett bei Boleks gutem Freund.

So war die erste Nacht ohne Annie. Die darauffolgenden Nächte wurden ruhiger, abgesehen von all den Gedanken, die Orge quälten. Einmal träumte er, sie liege an seiner Seite, und als er aufwachte, lag da wirklich ein Mädchen, aber das war nicht Annie, sondern ein Mädchen, das sein Unglückskamerad auf der Straße aufgelesen hatte. Er selber war eingeschlafen, aber das Mädchen war wach und schaute Orge an. Sie betrachtete ihn aufmerksam und still, genau wie Katzen gucken, aber plötzlich lächelte sie, kroch zu ihm hinüber und fragte ihn, wieviel er bereit war, für sie zu zahlen.

»Nichts«, antwortete Orge. »Mein Geld wird knapp.«

Da sagte sie, er brauche nichts zu bezahlen, aber er schob sie von sich weg und kehrte ihr den Rücken zu und versuchte, wieder einzuschlafen und von Annie zu träumen. Trotz der Gefahr, entdeckt zu werden, hatte er ihr seine Adresse geschickt und wartete ungeduldig auf ein Lebenszeichen von ihr. Eines Tages bekam er einen Brief. Annie schrieb, daß sie nicht zu ihm in sein Versteck nach Krakau kommen könne, aber daß sie ihm etwas besorgt hatte, was ihm vielleicht sehr nützen würde, nämlich einen Paß und ein Papier mit der Einladung, eine Firma in Schweden zu besuchen.

Orge starrte auf das Papier und dachte: Schweden? War er dorthin unterwegs?
Weg mußte er auf jeden Fall, weg von Krakau und Polen. Annie hatte recht. Er mußte nach Schweden.
Er fragte den Unglückskameraden, ob er mitkommen wollte, doch der lehnte ab. Orge mußte allein zum Bahnhof gehen. Kurz bevor der Zug abfuhr, tauchte der andere mit einem Abschiedsgeschenk auf, einer großen Wurst.
Also fuhr Orge davon zur Hafenstadt Gdynia mit seinem einzigen Besitz, einer Wurst und einem Pappkarton mit Kleidung. Sein Geld reichte gerade für einen Fahrschein für das Motorschiff »Mariehamn«. Für sein letztes Geld bezahlte er eine Mahlzeit am großen Buffet. Er ging hin und wußte nicht, was er nehmen sollte. Schließlich nahm er einen Teller mit Hering und Kartoffeln.
»Warum probieren Sie nicht noch etwas anderes?« fragte der Ober, als Orge seinen Teller geleert hatte. »Mögen Sie keine Fleischbällchen?«
Orge, der nicht gewußt hatte, daß man so viel essen durfte, wie man wollte, erhob sich und holte sich noch eine Portion. Aber es schmeckte ihm nicht mehr. Das lag nicht am Essen, das lag an ihm. Er hatte keinen Appetit mehr.
In der Nacht zog ein Sturm auf. Alle wurden seekrank, und Orge ging hinauf an Deck, um frische Luft zu schnappen. Am schlechtesten ging es einigen Pferden, die an Bord waren. Sie sollten nach Schweden transportiert werden. Sie waren so krank, daß Orge um ihr Leben bangte.
Der Sturm legte sich erst, als sie die Schären von Stockholm erreichten, und als Orge wieder an Deck ging, um nach den gequälten Tieren zu schauen, waren zwei gestorben.

Er stand bei den toten Pferden, als die Polizei an Bord kam und seinen Paß sehen wollte. Er zeigte ihn den Polizisten zusammen mit dem Papier, auf dem stand, daß er zu einer schwedischen Firma in Sundbyberg eingeladen war. Der Polizist studierte das Papier genau.

»Sie sind also in Geschäften unterwegs?«

»Ja«, antwortete Orge.

So kam er nach Schweden. Dank des Passes und des Briefes, die Annie ihm verschafft hatte, konnte er in Stockholms Hafen an Land gehen, und noch am selben Tag suchte er das Flüchtlingsbüro am Norra Bantorg auf. Von dort wurde er unmittelbar mit einem Auto zur Polizeistation in der Bergsgata gebracht.

»Bitte, setzen Sie sich«, sagte der Polizist, zu dem er geschickt wurde – derselbe Polizist, den er an Bord getroffen hatte. Doch jetzt sah er nicht mehr ganz so freundlich aus.

»Sie sind also *nicht* in Geschäften hier. Sie sind Flüchtling?«

»Ja«, antwortete Orge.

»Dann haben Sie mich heute morgen angelogen?«

»Ja. Was hätten Sie an meiner Stelle getan?«

»Hier stelle ich die Fragen und nicht Sie. Was sind Sie eigentlich? Politischer Flüchtling oder Jude?«

»Beides.«

»Beides? Das ist ein bißchen zuviel. Woher kommen Sie?«

»Jetzt komme ich aus Polen, wo ich mich auch ohne Aufenthaltserlaubnis aufgehalten habe.«

»Aha, dann könnten wir Sie also nicht dorthin zurückschikken. Dort wird man Ihnen die Einreise verweigern. Aber wir könnten Sie nach Deutschland schicken.«

»Ja, das könnten Sie tun«, sagte Orge, »nur werde ich mich

dort nicht lange aufhalten. Dort werden sie mich auf der Stelle umbringen.«

»Aber so weit müssen wir vielleicht nicht gehen«, sagte der Polizist.

Orge durfte in Schweden bleiben und zum Arbeitsamt gehen, wo man ihn fragte, was er arbeiten möchte. Er sagte, das sei ihm egal. Er nehme jede Arbeit an. Da sagten sie, sie hätten eine Arbeit draußen in den Schären für ihn, auf der Insel Möja. Dort sollte er einem alten Mann helfen, der nicht mehr für sich allein sorgen konnte – putzen und Essen kochen und alles für ihn erledigen, was zu erledigen war. Zu der Aufgabe gehörte auch, dem Nachbarn eine ordentliche Tracht Prügel zu verabreichen; aber die hatte der Alte dem Nachbarn versprochen, ohne sich vorher Orges Einverständnis zu holen. In diesem Punkt war Orge vollkommen unwissend, als er in der Hütte ankam, die nur aus einem Zimmer bestand. Darin schlief der Alte. Orge mußte auf schmutzigen Flickenteppichen im Vorraum schlafen. Als erstes trug er sie zum Wasser hinunter und wusch sie. Dann holte er die anderen Matten aus der Bude und alle Decken und Kissen. Der Alte sah ihm verwundert nach.

Orge scheuerte das ganze Haus und putzte jedes Fenster. Er putzte den lieben langen Tag, und dann machte er dem Alten was zu essen, gekochten Dorsch. Jeden Tag gab es Dorsch mit Kartoffeln, außer sonntags, dann gab es ein Kotelett. Orge kam gut damit zurecht. Ihm war es jetzt egal, was er aß,

und er aß sehr wenig – aber er aß immerhin. Solange die Briefe von Annie ihn erreichten, aß er, solange er noch Pläne schmieden konnte, wie er sie nach Schweden und Möja zu den gewaschenen Flickenteppichen im Vorraum holen könnte. Wäre sie damit einverstanden, darauf zu schlafen, oder brauchte sie ein Bett? Wäre sie jeden Tag nur mit Dorsch zufrieden – auch sonntags? Denn Annie aß kein Kotelett.
Die ganze Zeit war sie in seinen Gedanken. Es kümmerte ihn nicht, daß der Alte mit jedem Tag, der verging, merkwürdiger wurde. Auch sonst nahm er von niemandem auf der Insel Notiz, am allerwenigsten vom Nachbarn, einem jungen Mann, der sich notdürftig von Fisch ernährte. Doch eines Tages besuchte der Pastor die Gemeinde und bat, mit Orge sprechen zu dürfen. Er konnte Deutsch, und jetzt erzählte er, daß der Nachbar, der arme Fischer, sich kaum aus dem Haus traute vor Angst, mit Orge zusammenzutreffen.
»Warum denn?« fragte Orge. »Warum hat er solche Angst vor mir?«
»Weil er Prügel von Ihnen bekommen soll.«
»Wirklich?« sagte Orge. »Davon wußte ich nichts. Wer hat das gesagt? Ich kann doch gar kein Schwedisch.«
»Ihr Arbeitgeber«, erklärte der Pastor. »Er hat auch Angst vor Ihnen. Sie sind ja so stark.«
Orge ging zum Fischer, klopfte bei ihm an und versuchte ihm zu erklären, daß er ihm nichts Böses wollte, im Gegenteil. Brauchte er vielleicht Hilfe beim Fischen? Durfte er ihn im Boot begleiten?
Der Fischer wurde sein erster Freund in Schweden. Jeden Tag legten sie Angeln und Haken aus, an die sie Heringe gehängt hatten, und jeden Morgen um fünf Uhr holten sie den Fang heraus.

Orge war braun gebrannt und seine Haut von Sonne und Wind gegerbt, aber die Wolken über Europa verdunkelten sich immer mehr. Jeden Tag brachte der Schärendampfer Zeitungen. Orge kaufte »Dagens Nyheter« und versuchte sie zu lesen. Es passierte auch, daß der Dampfer Post für ihn mitbrachte, doch die Abstände zwischen den Briefen wurden immer größer. Er wußte sehr wohl, daß er in dieser Beziehung einfach nicht mehr erwarten konnte. Die Grenzen zur Tschechoslowakei waren geschlossen und wurden von deutschen Soldaten bewacht. Menschen konnten das Land nicht mehr verlassen und ihre Worte und Gedanken auch nicht. Um einen Brief auf den Weg zu bringen, mußte Annie zum Bahnhof gehen und einen Fremden, der auf der Durchreise war, bitten, den Brief mitzunehmen und in einem anderen Land aufzugeben. Dennoch wartete Orge. Was blieb ihm auch anderes übrig? Aufräumen und Dorsch kochen und angeln und warten; und das war natürlich nicht genug für einen Menschen wie ihn.

Eines Tages verließ er den verrückten Alten auf Möja und fuhr nach Stockholm. Doch was sollte er dort tun?

Er nahm eine Arbeit in einer Heringsräucherei an. Jetzt räucherte er den lieben langen Tag Fisch und nagelte Holzkisten zusammen, in die der Bückling kam, und an Feiertagen blieb er in der Räucherei und strich sie weiß an, weil er das Nichtstun nicht aushielt. Mehrere Tage lang tat er nichts anderes als Wände und Decken anmalen. Das war gar nicht so leicht, denn die Decke war schwarz von Fett. Er strich sie fünf Male, weil das Fett immer wieder durchkam, doch er gab nicht auf. Als die Feiertage vorbei waren und der Räuchereibesitzer wiederkam, sagte er, Orge habe eine phantastische Arbeit geleistet, und er gab ihm fünfzig Kronen. Das war viel

Geld. Dafür wollte Orge etwas Hübsches für Annie kaufen, wenn sie nach Schweden kam, denn er hoffte immer noch, so wie man auf Wunder hofft.
Und wenn sie nicht kam? Was sollte er dann mit seinen fünfzig Kronen machen?
Und was würde er an den nächsten Feiertagen machen? Und den Feiertagen, die dann kamen? Und dann? Was sollte dann geschehen?

Dann kam der Krieg, und die Heringsräucherei mußte schließen, weil die Deutschen Minen im Wasser legten und man nicht mehr fischen konnte. Man bekam auch kein Benzin mehr für den Lastwagen, mit dem man die Fischkisten verteilte.

Orge mußte sich nach einer neuen Arbeit umsehen und fand bald einen Platz als Kupferputzer in einem Restaurant, das »Die Steinvilla« hieß. Die Arbeit bestand darin, große Kochtöpfe mit Scheuermittel einzureiben und sie dann in große Wasserbehälter zu tauchen und sie zu scheuern, bis sie glitzerten und blinkten. Dann wieder raus mit ihnen, denn die Köche warteten schon. Sie brauchten ständig saubere Kochtöpfe.

Wenn Orge damit fertig war, half er hier und da. Er nahm Fische aus, bis seine Finger bluteten, und dann rupfte er Vögel – fünfzig, sechzig Stück jeweils. Danach stieg er durch das Loch in den Kartoffelkeller und holte Kartoffelsäcke herauf, die nie weniger als fünfzig Kilo wogen. Zum Glück war er stark und hatte so viel abgenommen, daß er durch das Loch paßte.

Die Kartoffeln kochte er dann in einem riesigen Topf, der jede halbe Stunde geleert und neu gefüllt werden mußte. Zu diesem Zeitpunkt war er schweißnaß, und die ganze Zeit mußte er die Köchin im Auge behalten. Sie mochte ihn nicht und versuchte ihn anzurempeln, sobald sie Gelegenheit dazu hatte. Als er sich einmal über den Kochtopf beugte, stieß sie ihn so heftig, daß er vornüber kippte und seine Arme an dem kochenden Wasser verbrühte. Die Köche sahen auf von ihrer Arbeit. Niemand sagte etwas. Aber als die Köchin Orge das nächste Mal anstieß, gab es einen riesigen Krawall, denn Orge wehrte sich. Er versetzte ihr einen Schlag, daß sie in einen Schrank flog und anfing zu brüllen. Die Köche versuchten, sie zu beruhigen, und der Chefkoch kam angelaufen, um zu sehen, was passiert war.

»Hör auf!« schrie er. »Bist du verrückt? Man hört dich ja im ganzen Restaurant! Wenn du nicht sofort still bist, hau ich dir die Bratpfanne über den Kopf!«

Orge blieb nicht sehr lange in dem Restaurant. Eines Tages, an einem kalten, regnerischen Morgen, rutschte er auf der feuchten Treppe zum Kartoffelkeller hinunter aus, brach sich den Arm und konnte mehrere Wochen lang nicht arbeiten. Als er endlich gesund war und seine Arbeit wiederaufnehmen wollte, erklärte man ihm, daß seine Stelle bereits besetzt sei. Er mußte sich nach etwas anderem umsehen.

Auf der nächsten Stelle, auch in einem Restaurant, war die Arbeit leichter. Die Menschen waren freundlicher, und der Chefkoch war so begeistert von Orge, daß er ihn zum Koch machte, ihm die Mütze aufsetzte und ihm beibrachte, wie man die leckersten Soßen zubereitete. Schade nur, daß Orge so mager war.

»Iß jetzt!« befahl der Chefkoch und stellte ihm eine ganze Ente hin.

Im Restaurant »Hasselbacken« durfte Orge essen, was er

wollte und wann er wollte und soviel er wollte, aber er konnte nicht, denn jetzt kamen überhaupt keine Briefe mehr von Annie.

Er hatte auch nichts mehr von seinem Bruder Erich gehört. Im letzten Brief hatte gestanden, daß Mama Else nicht mehr lebte.

SCHICK MIR EIN PAAR STIEFEL, schrieb sein Bruder. MEINE SCHUHE SIND GANZ KAPUTT.

Alles Essen war Orge jetzt zuwider. Manchmal machte er sich eine Dose Spargel mit einem Stückchen Butter warm. Spargel war das einzige, was er essen konnte, aber davon wurde er nicht dicker. Essen ekelte ihn so sehr, daß er seine Stelle bei »Hasselbacken« kündigen und sich wieder etwas anderes suchen mußte, eine Arbeit, bei der er sich draußen an der frischen Luft aufhalten konnte. Er wurde Knecht in einer Gärtnerei in Uppsala.

Jetzt arbeitete er wieder hart, grub vom Morgen bis zum Abend den Boden um und fuhr Dünger. Vierzehn Tage lang tat er nichts anderes als Dünger fahren mit den anderen Knechten, die versuchten, sein mangelhaftes Schwedisch zu verbessern. Es fing damit an, daß sie nach jeder Fuhre riefen: »Fy faaan!«*

Als Orge fragte, was das bedeutete, sagten sie, das sei eine Redensart, die er so schnell wie möglich lernen mußte, denn die konnte man immer brauchen.

Im Juni gingen sie hinaus auf die Felder und setzten Blumenkohl. Sie gingen in einer Reihe – einer machte das Loch, der nächste setzte die Pflanze ein, und am Ende ging Orge mit einer Gießkanne, die dreißig Liter enthielt. Ein Stück entfernt

* Zum Teufel!

stand der Gärtner und sah zu. Plötzlich kam er heran und versetzte Orge einen Schlag auf den Rücken.
»Du hast die schwerste Arbeit, aber du machst sie gut!«
Orge gab keine Antwort, aber der Gärtner lobte ihn immer noch, und dann sagte er, er wolle sie alle zu einem Schluck einladen. Er hatte eine gute Neuigkeit.
»Unser Führer hat gesiegt! Heute nacht ist Paris gefallen.«
»Was sagst du da?« platzte Orge heraus. »Wessen Führer?«
»Unser Führer Adolf Hitler.«
Da erhob Orge die Gießkanne und schlug sie dem Gärtner auf den Kopf und stürzte sich auf ihn, denn jetzt sah er rot. Und als die anderen ihn endlich überwältigten, war der Gärtner blutüberströmt.
Danach mußte Orge sich wieder nach einer anderen Arbeit umsehen, damit er die Miete für das Zimmer und noch ein wenig mehr bezahlen konnte – ein Fahrrad, das er in einem Geschäft in der Stadt gesehen hatte. Das war der einzige Gedanke, der ihm etwas bessere Laune machte. Das Fahrrad war gebraucht und sollte fünfzehn Kronen kosten, ein Anhänger inbegriffen. Dieses Fuhrwerk konnte er brauchen, jetzt, wo es kaum Benzin gab und die Transportprobleme wuchsen.
Also wurde er Fahrradbote. Zuerst fuhr er für eine Druckerei, dann für eine Fabrik, die Büstenhalter herstellte. Er transportierte Bettuchgewebe, riesige Ballen, die hundertfünfzig Kilo wogen. Wenn er den Anhänger damit beladen wollte, konnte es passieren, daß sich die Karre aufrichtete und das Fahrrad umfiel. Eines Tages war er kurz davor aufzugeben. Da sollte er zwei Ballen aufladen, die für eine Sammlung für die Norweger bestimmt waren. Es war eine unmögliche Aufgabe, die schweren Stoffballen auf die gebrechliche Karre zu la-

den. Er kämpfte lange, ohne daß es ihm gelang, und hätten nicht so viele Menschen an den Fenstern gestanden und ihm zugesehen und ihn ausgelacht, er hätte die Ballen liegenlassen und wäre abgehauen, aber jetzt nahm er noch einmal alle Kräfte zusammen, und er schaffte es wirklich, die Spende festzuzurren, die zum Kleiderlager des norwegischen Flüchtlingsbüros in der Mäster Samuelsgata sollte.

Dort traf er endlich ein und erklärte, daß er Ware von der Büstenhalterfabrik abzuliefern hätte. Der Mann im Kleiderlager schaute auf, guckte noch einmal, setzte mit einem Sprung über den Tresen und fiel Orge um den Hals.

»Bist du es wirklich!« schrie er.

Es war ein Norweger, der bei den Moorarbeitern in Papenburg gewesen war, jetzt aber im Kleiderlager des norwegischen Flüchtlingsbüros in Stockholm arbeitete, und seine Freude, Orge zu treffen, war unbeschreiblich.

»Daß du noch lebst!«

Und als sie sich beruhigt hatten, bat er Orge, Fuhren für die Norweger zu übernehmen. Sie hatten viel Arbeit für ihn, und sie bezahlten gut.

So schleppte er sich dahin, während er wartete. Immer noch wartete er auf ein Lebenszeichen von Annie oder seinem Bruder Erich. Dem hatte er die besten und derbsten Stiefel geschickt, die er auftreiben konnte. Aber von Erich hörte er nie mehr etwas. Auch von Annie hörte er nichts. Er versuchte, sich nicht von dem eiskalten Entsetzen lähmen zu lassen, das ihn wieder und wieder packte während der ganzen Zeit, da er nicht wußte, was ihnen passiert war. Er mußte ja daran denken, es selbst zu schaffen. Er mußte aufpassen, daß er nicht erfror, denn die Kriegswinter waren sehr kalt. Einmal, als er sechsmal Säcke zum Hauptbahnhof transportiert hatte, war seine Nase wie ein Stück Eis. Er mußte sich auf einen Stuhl im Kleiderlager setzen und einige Stunden warten, bis die Nase aufgetaut war. Er mußte an seine Nase denken. Und manchmal mußte er auch daran denken, daß er ein wenig zu essen bekam.

Er ging zu einem Restaurant in der Kungsgata. Es hieß »Norma«. Dorthin kam manchmal ein jüdischer Junge, ein magerer Dreizehnjähriger, der mit einem Kindertransport aus Wien gekommen war.

Eines Tages saßen sie am selben Tisch, Orge mit einer Zeitung und der Junge mit einem Stück Kuchen, zu dem Orge ihn eingeladen hatte, da kamen drei junge Männer und ließen sich am Nebentisch nieder. Orge las weiter, ohne sich um sie zu kümmern. Er sah erst auf, als sie Streit mit dem Jungen anfingen, behaupteten, er stinke, obwohl er sehr ordentlich und sauber aussah. Eine Weile hörte Orge sich das an, aber nicht lange. Bald sagte er, jetzt reiche es, und die jungen Männer richteten ihre Aufmerksamkeit auf ihn.

»Mach, daß du wegkommst«, sagte der eine. »Ausländer haben hier nichts zu suchen!«

Orge faltete die Zeitung zusammen und musterte die Jungen ausgiebig. Und jetzt entdeckte er das schwedische Naziabzeichen auf ihren Jackenaufschlägen.

»Fy faaan!« sagte er.

Und als der, der ihm am nächsten saß, aufstand und ihn am Arm packte, sagte er: »Nimm dich in acht! Ich hab eine gute und fröhliche Natur, aber wenn man mich anrührt, werd ich komisch!«

Der Nazi wollte sich nicht warnen lassen. Er packte Orge fester, der auch aufgestanden war, und bevor jemand begriff, wie es zugegangen war, hatte Orge ihm die Beine weggeschlagen. Die anderen beiden sprangen von ihren Stühlen auf und wollten sich auf Orge stürzen, aber der schlug ihnen vor, daß sie lieber auf der Herrentoilette miteinander abrechnen sollten.

Damit waren sie einverstanden. Einer der Nazis ging voran, und als er die Tür geöffnet hatte, versetzte Orge ihm einen Stoß in den Rücken, so daß er mit dem Kopf voran in ein Pissoir flog. Den nächsten, der sich sofort auf Orge stürzte, schleuderte er über die Schulter, so daß auch der mit dem Kopf im Pissoir landete. Aber gegen den dritten konnte Orge nicht viel unternehmen, denn der lief davon und rief um Hilfe.

Jetzt war das ganze Restaurant in Aufruhr, und es dauerte nicht lange, da kam die Polizei und nahm sie mit zur Wache. Dort beklagten sich die Nazis und jammerten, daß sie mißhandelt worden seien, aber der Polizist, der den Bericht schreiben mußte, lachte nur über sie.

»Von einem einzigen Mann? Einer gegen drei?«

Er kannte sie und sagte, sie hätten bekommen, was sie verdienten.

All das geschah einige Tage, bevor die Deutschen kapitulierten. Es war Friede, und die Kungsgata verwandelte sich in ein Meer von Menschen, die vor Glück tanzten. Aber mitten im Freudentaumel stand Orge und weinte. Ein Norweger trat zu ihm heran und versuchte, ihn mit in den Tanz zu ziehen, aber Orge bat ihn, das zu lassen. Er dachte an Annie und Erich, denn jetzt wußte er, was mit ihnen geschehen war. Erich hatten sie in einer Gaskammer umgebracht. Annie hatten sie auf dieselbe Art getötet. Kein Mensch kann berichten, was sie dachte, als sie die letzten schweren Schritte in die Gaskammer tat. Hier kann nur gesagt werden, so ist es ausgegangen mit dem Mädchen, das Orge all seine Küsse gab und außerdem einen Paß und cin Stück Papier, die seine Rettung wurden.

Orge wurde gerettet und blieb in Schweden, und natürlich war er dankbar, daß der Krieg zu Ende war und die Gerechtigkeit gesiegt hatte, aber froh war er selten.
Fortan ging es ihm gut. Bald konnte er sein Fahrrad gegen ein Motorrad eintauschen, und bald darauf konnte er das Motorrad gegen ein Auto eintauschen, das er eines Tages auf einer Autoausstellung entdeckte – einen Ford mit einer Holzkarosserie und vielen Pferdestärken.
»Was kostet der?« fragte er den Verkäufer, aber der nahm keine Notiz von Orge.
»Können Sie nicht hören?« fragte Orge. »Ich möchte wissen, was das Auto kostet.«
Der Verkäufer schaute in sein Buch.
»Zehntausendneunhundert Kronen.«
»Aha«, sagte Orge. »Würden Sie bitte mal die Motorhaube öffnen?«
Der Verkäufer tat, was Orge verlangt hatte, und Orge inspizierte den Motor.
»Was haben Sie gesagt, was er kostet?«
Der Verkäufer wiederholte den Preis, und Orge sagte, er nehme das Auto. Er konnte es sehr gut gebrauchen, denn jetzt

arbeitete er für eine Firma in Stockholm, der er Pelze verkaufte, und dafür brauchte er ein ordentliches Fahrzeug.

Einmal fuhr er mit dem Auto in die Stadt seiner Kindheit, nach Deutschland ins kleine Friedeberg, aber dort gab es nicht mehr viel zu sehen. Von allen Gebäuden war nur eins vom Krieg verschont geblieben, und das war das Haus, in dem er einmal zu Hause gewesen war. Die Linde vor der Apotheke stand auch noch und die Hälfte vom Rathaus und zwei Mauern der Kirche. Alles andere, was es an diesem Ort gegeben hatte, war dem Erdboden gleichgemacht. Man konnte vom einen Ende der Stadt zum anderen sehen, ohne daß einem etwas den Blick verstellte.

Als Orge gerade dort stand und die Verwüstung betrachtete, kamen zwei Männer heran und fragten, ob er jemanden kannte, der hier gewohnt hatte.

»Es wäre interessant zu erfahren, was für Menschen das gewesen sind.«

Aber Orge schüttelte den Kopf. Nein, er kannte niemanden. Dann stieg er ins Auto, startete es und fuhr davon, ohne sich umzusehen. Er hatte nur einen Gedanken im Kopf, und das war: weg! So schnell wie möglich! Fort von diesem zerschossenen Ort. Zurück zu Ella, die er in Schweden kennengelernt hatte. Er war ihr auf einem Fest begegnet, zu dem ihn jemand mitgeschleppt hatte, und er hatte bis nachts um drei mit ihr getanzt. Dann hatte er sie gefragt, ob sie ihn heiraten wolle.

»Du kannst drei Tage darüber nachdenken«, hatte er gesagt.

Und als diese drei Tage vergangen waren, antwortete Ella ja. Sie war auch in einem deutschen Vernichtungslager gewesen, hatte aber überlebt und war nach Schweden gebracht worden, da sie keine Familie mehr hatte, zu der sie zurück-

kehren konnte, in das Land, aus dem sie kam, Rumänien. Und sie mochte Orge vom ersten Augenblick an, liebte ihn, so wie er war.
Ein anderes Mal fuhr er mit dem Auto nach Prag. Das einzige, was es noch von Annie gab, war der Name, der an der Wand in einer der kleinen Synagogen geschrieben stand, die den alten jüdischen Friedhof umgaben. Dort stand er unter 77 926 anderen Namen von Juden aus Böhmen und Mähren, die abgeholt und umgebracht worden waren.
Doch eines Tages ging eine neue Welle von Judenhaß durch das Land, in dem sie gewohnt hatten, obwohl es kaum noch Juden gab, die man hassen konnte, und die Regierung befahl, daß die Wände in der Synagoge übermalt werden sollten. Danach gab es nicht einmal mehr Annies Namen.
Die Synagoge wurde geschlossen und erst fünfundzwanzig Jahre später wieder geöffnet, und da waren die Wände weiß, aber für dieses Mal war der Judenhaß vergangen.
Nun sitzt dort ein Mädchen und schreibt wieder die Namen der Toten an die Wand, das Jahr, in dem sie geboren wurden, und den Tag, an dem sie abgeholt, deportiert worden waren. Das Mädchen ist nicht viel älter, als Annie damals gewesen war, als sie Orge traf. Es hat lange dunkle Haare und ist warm angezogen, denn es ist ein Dezember im letzten Jahrzehnt des Jahrhunderts, und das Mädchen kann ja nicht einfach mit seiner Arbeit aufhören, nur weil es zufällig Winter ist. Sie muß das ganze Jahr arbeiten, wenn sie es schaffen will, alle 77 927 Namen an die Wand zu schreiben, bevor wieder etwas passiert. Man kann ja nie wissen.

BITTE NICHT STÖREN

steht auf einem Schild, das jemand neben sie gestellt hat, und

alle, die um sie herum stehen und schauen, respektieren das und fragen nichts. Sie wissen, daß diese Arbeit mit größter Sorgfalt getan werden muß, denn hinter jedem Namen steht ein Mensch, der ermordet wurde.
Dort kann man noch eine Spur von Annie finden.
ANNA KARPE steht da, GEBOREN 1909. DEP. 17. MÄRZ 1942.

KIRSTEN BOIE

Erwachsene reden. Marco hat was getan.

Marco, 15, Sympathisant einer neonazistischen Vereinigung, hat ein von Ausländern bewohntes Haus in Brand gesetzt. Zwei Kinder sind dabei ums Leben gekommen. Marco sagt, so hat er es nicht gewollt. Das Ganze war ein unglücklicher Zufall. Wie wird so einer wie Marco ein Mörder? Wen trifft die Schuld?

Alle in dem kleinen Ort sind zutiefst erschüttert. Aber jeder denkt ein bißchen anders über das, was Marco getan hat. Dreizehn Personen berichten…

Das Buch wurde in die Empfehlungsliste zum Gustav-Heinemann-Friedenspreis aufgenommen.

Verlag Friedrich Oetinger · Hamburg